後宮妃の管理人 三
～寵臣夫婦は繫ぎとめる～

しきみ彰

富士見Ｌ文庫

目次

序章　妻、衝撃を受ける

「そろそろ、貴妃《きひ》様の懐妊を公表しないといけませんね」

後宮内、『珠玉殿《しゅぎょくでん》』の一室にて。

後宮妃《きさき》の管理人、珀優蘭《はくゆうらん》がそう呟《つぶや》いたのは、夏の暑さもすっかり落ち着いた秋。秋の四大華祭事が終わった頃だった。

夏の暑さとは打って変わり、空気は澄んで気持ちが良い。黎暉《れいき》大国《たいこく》の秋は涼しく、一年の間で最も過ごしやすいと言われている時季だ。お陰様で、優蘭の体調もすこぶる良かった。

その上帰宅間際ということもあり、声が少し弾む。そのためか、口調も健美省《けんびしょう》長官としてのものではなく、ある男性に向けたものに変わっていた。

そんな上機嫌な優蘭が話しかけていたのは、健美省開設前から一緒にやってきた謎の美女、蕭麗月《しょうれいげつ》。後宮内にいる間は彼女の部下として働いている。

が、その実、珀皓月《こうげつ》という右丞相《うじょうしょう》であり——優蘭の夫でもある。優蘭の口調が丁寧なものに変わっていたのは、『麗月』という部下に対してというより、『皓月』という夫に対して話していたからだ。

皓月が、右丞相と女官の二重生活を始めてから早半月。

初めの頃は女装姿の夫に色々と戸惑っていた優蘭だったが、今ではすっかり慣れた。扱いにも、口調にも、だ。

そしてそれは皓月自身も同じだったようで、女官服を見事に着こなし優雅に微笑む。

「そうですね。そろそろ、貴妃様の腹部も隠せなくなって参りましたし」

皓月の言葉に、優蘭は困った顔をする。

「むしろ、今まで隠せていたのがすごいことだと思います。貴妃様自身の精神力と努力がなかったら、無理でしたよあれは」

「おっしゃる通りです。貴妃様様々ですね」

優蘭はこっくり頷《うなず》いた。

今話題に上ったのは、春頃に懐妊した貴妃——姚紫薔《ようししょう》だ。優蘭が後宮入りして初めて仲良くなった妃であり、皇帝の寵妃《ちょうひ》でもある。

彼女は春頃に懐妊してから今の今まで、懐妊を隠し通した。腹部を体の線が見えないような衣で隠し、鋼の精神で体調の悪さを押し殺して。

優蘭が何かにつけて会い、紫薔が他の妃と会わないように、また彼女が休養を取れるように手助けはしていたが、周囲に広まることなく季節が流れたのは、間違いなく紫薔の力によるものだ。

同じ女としても、また友人としても、その精神力には感服する。

そんなことを考えつつ、帰宅のための用意を整えながら、優蘭は肩をすくめた。

「というより、今までものすごく疑問だったのですけど」

「はい、なんでしょう？」

「……貴妃様の懐妊、どうして黙っていたのですか？」

一瞬の沈黙の後、皓月が渋い顔をする。

「……そういえば、言ってませんでしたね？」

そうね、言ってなかったわね！

優蘭はまたか！　と思いながらも続けた。

「初めのうちは、私を試すために黙っていたのだと思っていました。ですがその後も、貴妃様の懐妊が公表されることはありませんでした。それなら、今の今まで黙っている理由にはならないですよね？」

優蘭は、後宮に入ってきた頃のことを思い出してそう言った。

そう、優蘭は後宮に入って早々、皇帝に『貴妃の懐妊に気づくこと』という試練を与えられていたのだ。

貴妃の懐妊が判明したのと、優蘭が後宮に入ることになったのはほぼ同時期。そして、それより前から優蘭のことを調べていたと、以前皇帝が言っていた。

なのでてっきり、そのためにずっと黙っていたのかと思っていたが。

どうやらそういうわけではないらしい。それは皓月の態度からいっても、明らかだった。

皓月はまとめていた巻物を棚にしまってから、目を伏せた。

「……実を言いますと。陛下の代での妃の懐妊は、今回が初めてではないのです」

「……はいっ？」

思わず声をひっくり返した優蘭に、皓月は順を追って説明をしてくれた。

「まず、陛下が政権を握ったのは四年前です。これは、優蘭さんもご存じですよね？」

「ええ、もちろん」

「実を言うと、初期のほうの後宮は無人だったのです。陛下が即位する前から色々なごたごたもありましたので、陛下もそちらには手を出さなかったわけですね」

「……そういえば、そうでしたねぇ」

商人だった頃は毎日時報誌を読んでいたし、情報を集めることに長《た》けた人間を雇っていたのでそういったことはよく知っていた。

あの頃はなんとも思ってなかったけど、今は「あ、それくらいの分別はあったのね。まあ王様だものねぇ」って思うわ……。

皇帝のことを何故こんなにも理解しているのだろうか。なんだか悲しくなってくる。

優蘭がすっかり後宮に馴染《なじ》んでしまっていることはさておき、皓月の話だ。

「そして、一番初めの妃として賢妃《けんひ》様を後宮入りさせたのが、二年半前。貴妃様を後宮入りさせたのが一年半前でした」

「……その言い方から察すると、一番初めに懐妊したのは賢妃様だったのですか？」

「はい、おっしゃる通りです。あの頃はまだ、賢妃様ではなかったのですが……懐妊したことにより、一気に賢妃の位に上り詰めたのです。それが、今から二年と少し前の話です」

それでも賢妃――四夫人の中では最下位だったのは、賢妃の家格がそこまで高くないからなのだろう。皓月の口から言われずとも、それくらいは察せられた。

そして、その賢妃の子どもが今後宮にいないことが、すべての答えだとも思った。

「……賢妃様の御子様は、どうなさったのですか？」

皓月は、口を一文字にしてから肩を落とした。

「……優蘭さんが察せられている通り。賢妃様の御子は、懐妊を祝う祝賀会を開いた後……この世に生まれ落ちることなく、亡くなりました」

分かってはいたが、ガツンと、頭を殴られたような衝撃を受けた。

沈痛な面持ちをして、皓月はなおも続ける。

「不慮の事故によって、流産されたのです」

不慮の事故。祝賀会を開いた後での事故は、〝事故〟と呼べるのだろうか。

「……それは、」

それは、本当に事故だったのですか？

そう問いかけようとして、やめた。そんなこと、皓月だけでなく皇帝も分かっていると思ったからだ。でなければ、紫薔の懐妊を黙ってはいなかっただろう。

優蘭は口をまごつかせた後、言い直す。

「それが、今まで黙っていた理由なのですね」

優蘭が躊躇《ためら》った理由を悟ったのだろう。皓月は悲しげに微笑んでから頷く。

「……はい。優蘭さんに伝えるのが遅れてしまい、申し訳ありません」

「いやいや、今更ですよ。というより、私もそれどころじゃなくて忘れていましたし」

笑って誤魔化したが、微妙な空気が部屋に流れてしまった。それを一新するべく、優蘭はいつもより大きな声で言う。

「とにもかくにも！　貴妃様の懐妊は、陛下にとっても喜ばしいことですね！」

「……はい、そうですね」

そこで、優蘭ははたと気づいた。

「……うん、あれ？　ということは、祝賀会を開くんですよね？」

「そうですね。慣例事項ですし」

「……その祝賀会の主催をするの、私ですよね……？」

「……そう、ですね……」

「……またですか……」

「……はい、またですね……」

寵臣夫婦は、二人揃って遠い目をする。また問題ごとが起こりそうな予感がする。いや、確実に起こるだろう。後宮《ここ》は、そういう場所なのだから。

*

そして案の定というべきか。

紫薔懐妊の吉報を公表した翌日の朝に、文が届く。渡してきたのは、なんと夏玄曽《かげんそう》。皇帝派宦官《かんがん》の長だった。

差出人はなし。この時点で既に怪しく、優蘭は警戒しながら開いた。

『珀優蘭様
突然の文に、驚かれていることでしょう。このような形でのお渡しとなってしまったこと、まず陳謝いたします。』

この時点で、優蘭は相手が常識的な人物なのだと思った。

文はまだまだ続いている。

『早速ですが、本題に入らせていただきます。

珀様は、以前ご自身が秀女選抜後の歓迎会で仰《おっしゃ》られていた言葉を覚えていらっしゃいますでしょうか？

今回の本題は、その言葉を信じてのお願いになります。』

「秀女選抜の歓迎会」での発言となると……まあ、あれかしらね。

優蘭は、少し前に行なった、秀女選抜後の歓迎会を思い出した。

『今宵、わたくしどもは宣言いたします。――健美省は、後宮の女性たち全ての味方であり、決して敵にはなり得ません！』

あの夜、優蘭は確かにそう宣言した。それが目指すべき目標であり、自分の在り方だと感じたからだ。

しかしだからと言って、そう簡単に信用されないのが人というもので。今の今まで、この話を持ち出してきた者はいなかった。

そんな状況下でこれを持ち出してきたということは、相手にそれ相応の覚悟があるということだ。

優蘭は深呼吸をしてから、先を読んだ。

『この度のお願いは、ただ一つ。

わたしと陛下の離縁を、支援していただきたいのです。』

……。

…………？

「…………はぁああっ!?」

思わず、そう叫んでいた。

慌てて最後まで読み込めば、会って話したい日時が綴《つづ》られていた。五日後の昼だ。そして末尾には『史明貴《しめいき》』の文字が。

史明貴とは、賢妃の名前である。

そう、あの。皇帝をこてんぱんに叩《たた》きのめしたことのある賢妃だ。

まさかまさかの賢妃からの爆弾発言に、優蘭は空を仰ぐ。

今の優蘭に言えることはただ一つだ。

賢妃様に一体何をやらかしたのよ、あのぼんくら皇帝ーーー!?

優蘭の声にならない叫びは誰にも届くことなく、秋の澄み切った空に溶けていった──

第一章　妻、史上最大の夫婦喧嘩に巻き込まれる

黎暉《れいき》大国《たいこく》。

その中心部である都・陵苑《りょうえん》では、貴妃《きひ》の懐妊を祝う時報誌がばらまかれていた。それは段々と各地に広まり、人々に活気を与える。

最終的には黎暉大国全土に広まり、近隣諸国にまで情報が流れているようだ。

懐妊が公表された翌日から、各地では連日お祭り騒ぎが繰り広げられているらしい。そんな噂が優蘭《ゆうらん》の耳に入るくらい、黎暉大国は湧き立っていた。

王宮内でも、官吏たちがこぞって皇帝に祝いの言葉を述べ、贈り物の準備をしている。名のある貴族たちは、ここぞと言わんばかりに自身が治める領地の特産物をかき集めさせていた。

そしてそれは、後宮でも同じだ。懐妊した貴妃・姚紫薔《ようししょう》の元には、連日幾人もの妃が足を運んでいた。皆、祝いの言葉を述べたい一心での訪問だ。

それに対して頭を抱えているのが、健美省《けんびしょう》長官たる優蘭である。

身重の女性に、無駄な負担をかけさせるわけにはいかないでしょうが――!?

安定期に入ったとはいえ、紫薔は妊婦だ。いくら彼女の忍耐力が人一倍強いとはいえ、それが気遣わない理由にはならない。

人と会うという行為は、精神力が削られるのだ。それは、社交性の高い紫薔であっても変わらない。本来ならばもっと労《いたわ》り、不要な接触は控えるべきである。

その辺りの常識が分からないのか、はたまたそれを狙った上であえてやっているのか。そんなこと、優蘭にはぱっと見で分からない。

しかも、以前この後宮では、既に事故に見せかけた殺人が行なわれているのだ。不特定多数の人間を、紫薔に近づかせるわけにはいかなかった。

そんなわけで、優蘭は紫薔と他の妃たちとの間に入り、接触を極力減らしたり。また、周辺の監視強化を祝賀会の準備と並行してやってもらっていた。

やってもらっていた、のだが。

「……その監視に、なんで俺たちが使われてるんだよ……！」

「あったりまえでしょうが。妥当な仕事内容よ」

珠玉殿《しゅぎょくでん》に出勤して早々に不平不満を訴える宦官たちに向けて、優蘭はぴしゃりと言い切った。

それでもぶつくさと文句を言い続ける彼らに、優蘭は頭痛がしてくる。どうやら、昨日梅香《ばいこう》経由で振った仕事に納得がいっていないようだった。

本当に……この男たち、口を開けば文句しか言わないわね!?

この男たちは、以前優蘭を陥れようとして失敗した挙句、罰もかねて優蘭の部下になった宦官五人だ。名前は朱睿《しゅえい》、黄明《こうめい》、悠青《ゆうせい》、緑規《りょくき》、黒呂《こくりょ》。優蘭は頭の中で五彩宦官と呼んでいる。

彼らは部下になった経緯があれだったのと、元々の思想が保守派だったこともあり、優蘭の言うことにことごとく反発していた。当たり前だと、優蘭は思う。

騒動を起こした罰と称して、私の下にこの男どもをつけた皇帝の考えが、私にはさっぱり分からない……。

むしろこれは、優蘭への嫌がらせなのではないだろうか。これを褒美として与えているのであれば、筋違いもいいところだ。

もし愉《たの》しんでいるのであれば、顔面を一回は殴りたい。

そう文句を言っていても、仕方がない。使えるものは何でも使う、それが優蘭のやり方だ。

特に今は、猫の手も借りたいくらいの忙しさなのだ。そのため、面倒くさがりながらも説明をした。

「あなたたちが監視に使われている理由は三つ。一つ目は、私の部下になったから。二つ目は、夜間の見回りなんかを女官にやらせるわけにはいかないから。三つ目は、絶賛人手不足だから！　以上!!」

『えぇー!!』

正直言って、それ以上でもそれ以下でもないのが現状だ。

まず、優蘭は彼らを信用していない。だから、重要な仕事は皓月《こうげつ》か梅香に振っていた。祝賀会の補助は、催事関係を司《つかさど》る内儀司《ないぎし》女官長・姜桂英《きょうけいえい》にこっそりお願いしている。催事関係の知識で、彼女に敵《かな》うものなどいないからだ。

それ以外の仕事となると、雑務になる。掃除、他の部署と部署との取り次ぎ、紙や墨の補充、とにかく諸々《もろもろ》。しかし、そういった雑務はやりたくないらしい。結果、紫薔周りの監視が残ったわけである。

書類に目を通しながら、優蘭はため息をついた。

「もう、何。なんだったらやりたいのよ」

「そりゃ、もっと重要なやつだよ！　なおかつ目立つやつ！」

「たとえば、祝賀会の企画とか」

「祝賀会の企画とか」

「企画とか！」

「結局それかい」

『当たり前だろ！』

声を揃えて言う五彩宦官《かんがん》。自信満々に「自分たちに企画進行をやらせろ」と言ってくる彼らに、優蘭の頭痛がひどくなる。

このぽんこつ宦官たちは、自分の立場を分かっているのかしらね……⁉

優蘭の場合、仕事というのは今までの実績や信頼で割り振るものだ。なので、相手のことをいくら気に入っていようが、実績も信頼もない人間に重要な仕事は与えない。

そして、五彩宦官に対する信頼は皆無だ。優蘭を嵌《は》めようとした上、調べてみたら今までの勤務態度も悪かった。

上官の目を盗んでさぼるわ、やりたくない仕事を下っ端に押し付けるわ。

そのくせして、自分たちは優秀だと思っているらしく重要な仕事を任せろとせがんでくる。ろくでもない。信頼できる要素がこれっぽっちも存在しなかったのだ。本当ならば、紫薔周辺の監視だってやらせたくないくらいだ。

それをやらせているのは、単純に人手不足だから牽制《けんせい》くらいにはなるだろうと思ったから。

同じ現場に一緒に警戒態勢を上げてくれている、皇帝派宦官たちがいるから。そして——

「……まあまあ、皆さん。それぐらいにしましょう？」

——仲裁役をしてくれる、皓月の存在があったからだ。

今回も。笑って仲裁してくれる女官姿の皓月を見た瞬間、五彩宦官の顔がだらしなく緩む。

「麗月《れいげつ》さん……」

「相も変わらず美しい……」

「なんでこの長官の下で働いてんのか分かんねえ……」

私がいる前でそれ言うとか、本心を隠す気ないわねあなたたち？

しかし予想通りの発言に、内心笑いが止まらない。優蘭は慌てて、満面の笑みをたたえて唇を引き結んだ。でないと、変な笑い声が出てしまいそうだ。

その一方で皓月は、口元に袖《そで》を当てた。儚《はかな》げな美女としか思えないその行動に、五彩宦官が湧き上がる。

その代わりに、優蘭の心にぐさりと、何かが突き刺さった。

そんな優蘭の心情などつゆ知らず。皓月は目を伏せる。

「皆様が昼夜問わず監視してくださっていることは、わたしも長官も理解しています。この肌寒い中、とても頑張っていらっしゃるとか」

「そ、そりゃあもう」

「はい。わたしたち女官にはできない仕事ですから、尊敬してしまいます」

絶世の美女（しかし中身は美麗な女装男性）に優しく手放しに褒められ、相貌《そうぼう》を崩していく五彩宦官。ものすごく嬉《うれ》しそうだ。

するると、皓月がさらにたたみかける。

「それに、貴妃様周辺の監視は立派な仕事です。貴妃様を狙う不埒《ふらち》者が現れた際、それをどうにかできるのは皆様ですから」

「そ、そうか……」

「そういえば確かに……」

「はい」

皓月は力強く頷《うなず》く。

「もし皆様がそんな輩《やから》を見つけて捕まえることができれば、きっと後宮内の女性たちが心の底から感謝すると思います」

「……え」

「もしかしたら、皆様の顔を覚えてくださる妃様がいらっしゃるかも……」

「そ、それは……」

「……もしそうなれば、陛下のお耳にも皆様のことが伝わるかもしれませんね？」

麗しい笑みと共に、皓月が餌を垂らした。それはそれは魅力的な餌をだ。根が素直で単純な彼らは、いともたやすくそれに食いついた。

「俺、監視頑張ります！」

「お、俺も！」

「僕も！」

「ず、ずるいぞ、もちろん僕も！」

「俺も!!」

我先にと手を上げる宦官たち。それを見た皓月は、とっておきの、見ているだけで心が洗われるような美しい笑みを浮かべ、声を弾ませた。

「素敵なご報告、楽しみにしていますねっ！」

その言葉で落ちた彼らは、やる気満々で執務室から出て行った。

先ほどとは一変、静まり返った場に優蘭はほっと肩から力を抜く。

「嵐が去ったわ……」

思わずそうぼやいた彼女に、皓月はささささっとお茶の用意をして注いでくれた。

「お疲れ様です、優蘭様。……彼らの態度にも、困ったものですね」

「お茶、ありがとう、麗月。……というか、疲れたのは麗月でしょう？　ごめんなさい、あなたに変な役目を担わせちゃって……」

そう。皓月がどうして五彩宦官にあのような態度を取っているのかと言えば、それは優蘭がお願いをしたからだ。

理由としては、あんまりにもやかましい五彩宦官の暴挙に、連日悩まされていたから。

あまりにもイライラしていた優蘭は、彼らの様子を逐一観察していた。そのとき、気づいたのだ。

五彩宦官は、妃たちからの頼みは断らずでれでれとしているわね？……あれ。皓月様……もとい麗月も、絶世の美女だわ。……もしかしてこれ、使えるんじゃない⁉

今思えば、割と血迷っていたと思う。

しかし、皓月に試しに頼んでみたら快く了承され。挙句、面白いくらいさくさくことが運んでしまったのだ。

それからは、皓月がことあるごとに美女の色気と含みのあるお願いを使い、五彩宦官を手のひらの上で転がしてくれている、というわけである。

茶器一式を持って皓月を休憩用の椅子に誘導しながら、優蘭はその向かい側に腰かけた。

しかし皓月は、きょとんとした顔をしていた。

「そんな。わたしは大したことはしていませんよ」

「……いやいやいや？　あの言うこと聞かない宦官たちを、上手《うま》く誘導してくれているじゃない。あの誘導の仕方はすごいと思う、私にも梅香にもできないわ」

優蘭は、平凡顔な上に憎まれている。梅香はそもそも、あんなふうに男を手のひらで転がすような対応はできない。喧嘩《けんか》を売るならできるかもしれないが。

というより五彩宦官、徳妃《とくひ》偽装誘拐事件のときに散々苛《いじ》め抜かれたから梅香のこと怖がっているしね……。

なので、皓月のあの角が立たないように柔らかく受け流すようなやり方は、他の健美省人員ではできないものなのだ。

そしてものの見事と言うべきか。皓月は五彩宦官を手のひらの上でころころ転がしている。それが優蘭の思惑とも知らずに。

彼らとの憂鬱《ゆううつ》なやり取りを続けていられるのも、こういった経緯があるからだ。心中にあるしてやった感のみで生きているといっても過言ではない。

だからこそ優蘭は、皓月にこの役割を当てた。

当てたのだが。

致し方がないとは言え心底申し訳なくて、土下座をしたくなる。少しだけ上がっていた気分がずぅんと下がり、優蘭は組んだ手を額に押し当てた。

まあ何が一番申し訳ないって、それを男の皓月様にやらせていることなんだけどね……！

だって、女装させているだけでもあれなのに、さらには傾国の美女よろしくその美貌《びぼう》を使わせて、男を意のままに操らせているのよ!?　どんな嫁よそれ!?

何度でも言おう。あの頃の優蘭は、相当血迷っていた。

確かに、この役割をこなせるのは現状だと皓月だけで。五彩宦官だけでなく、秀女選抜後の後片付けやら何やらで忙しい時期だったが。

男性にやらせるべきでは、絶対になかった。

あと、ことあるごとに繰り広げられる皓月様の美女行動を見るたびに、私の心に色々なものが突き刺さるのよね……。

自分には絶対に出せない色気だとか。楚々《そそ》とした態度だとか。そういうのが、優蘭の中にある女としての部分にちくちく刺さるのだ。

前々から思っていたが、改めて思う。

優蘭は本当に、皓月の妻をやっていていいのだろうか。

後悔するくらいなら、そもそも提案しなければ良かったのに……過去の私、馬鹿すぎる。

思い返してみたら、余計に頭が痛くなってきた。

目頭を押さえて揉《も》み解《ほぐ》していると、皓月が慌てる。

「す、すみません、何かしてしまいましたかっ？」

「いや、違うのよ……上司としても妻としても、なんかもう情けないなって……」

「そう、でしょうか……？　むしろわたしとしましては、態度も口も悪く反省の色もない彼らを早々に切らないことに、優蘭様の優しさを感じますが……彼らなど、いてもいなくとも変わらないでしょう？」

皓月にしては辛辣《しんらつ》な意見に、優蘭は苦笑した。そういえば皓月は、彼らの起用に真っ向から反対していたのだ。どうやら、徳妃偽装誘拐事件のことを相当腹に据えかねているらしい。彼らが入ることが決定したときは、梅香も断固拒否していた。

その気持ちは分からないでもないが、しかし優蘭としては簡単に切るのもどうかと思っていた。

「まあ確かに、逆に邪魔かもしれないけど。……私が切ったら彼ら、行き場がないのでしょう？」

優蘭がポツリとこぼせば、皓月が無言で頷く。優蘭は苦笑した。下っ端はいつだって、呆気《あっけ》なく切られてしまう。とかげの尻尾《しっぽ》切りとはよく言ったものだ。

「確かに悪いことはしたと思うけれど。さすがにそれは、可哀想だと思うのよ。一応、未遂だったのだしね」

「……それはそうですが」

「まあああと純粋に、人手が足りないからなんでも使いたいのもあるけど」

「……優蘭様らしい発言ですね」

皓月がくすくす笑うのを見て、優蘭も釣られて笑った。

「だからしばらくは反発があると思う。麗月にも負担をかけてしまうけれど……もう少し我慢してくれる？」

「はい、もちろんです。あれくらいなら、どうということもありませんからお気になさらずに」

「うん、ありがとう。……願わくば、来世はもっと美形に生まれたいものね……」

冗談めかして言ったが、割と本気で今、顔の良さが必要な気がする。

まあ来世で美形に生まれたところで、その美貌を使って男を意のままに操れるかどうかはまた別の話なのだが。

……うん、性格同じままで生まれ変わったら、絶対できないわね。

まず間違いなく、梅香同様喧嘩を売り出すと思う。それは仲裁でなく、火に油を注ぐ行為だ。全く役に立たない。我ながら、使えないことこの上ない。

そう思っていたら、がたりと音がした。茶器が揺れた音だ。見れば、まだ茶を入れていない茶器が卓上に転がっている。

転がしたであろう張本人は、真顔で言った。

「優蘭様。優蘭様は、今のままで十分素敵です」

「……ん？」

「はい、今のままで十分……十二分に魅力的ですので、来世など待たずとも大丈夫かと」

「……う、うん？……う、ん？」

唐突な褒め言葉に心臓が跳ね上がり、優蘭は誤魔化すべく首を傾げた。

お世辞だと思うのだが、最近妙に調子が悪い。特に皓月からこういった言葉を聞くと、気持ちがざわざわして落ち着かなくなる。予想しないときにそういった言葉がぶち込まれてくるのも、心臓が跳ねる要因の一つかもしれない。

落ち着け落ち着け、私。……お世辞。これはお世辞。もしくは、妻に対する気遣い！

つまり夫としての優しさっ！

自分に言い聞かせる。

すると、皓月が少しだけ声音を落とした。声が『皓月』のものに近くなる。

「それに、優蘭様がそういった女性の武器を使うのだとしたら、わたしの前だけですし……ね？」

にっこりと、最後は笑顔で言われた。心臓がまた跳ね上がる。

ここで言う『わたし』は、麗月という女官として働いている彼ではなく、右丞相《うじょうしょう》という役職を持ち、優蘭の夫としての立場にいる皓月としての『わたし』だろう。

そこに何か含んだものを感じたが、間違いではないので頷いた。

「確かに、夫がいるのにそういうことをするのはちょっとだめよね」

「はい。なので優蘭様は、今のままでいてください」

「……わ、分かったわ、そうします……」

跳ねる心臓だとか、何やら含みを持った発言に釈然としない面持ちのまま頷いていたら、皓月が倒れた茶器を戻し茶を注いでいた。

「それに、優蘭様が気になさらなくてもよろしいんですよ、本当に。こういった仕事は、わたしが普段やっているものとやり方こそ違えど、なんら変わりませんから」

ここで言う『普段』というのは、皓月が右丞相として働いているときのことだ。

「そういえば、以前言っていたわね。珀《はく》家の仕事は、そういった地味なものだと」

「はい。衝突しそうなところを緩和したりですとか、仲を取り持ったりですとか。そういったことをするのが得意なのです。対立って、言い方を少し変えればなんとかなることが多いですからね」

「なるほど、確かに」

「あとは今回のように、何かしらのもので釣るのも一つの手です。特に彼らはそういったものを重要視しているようでしたから、言ってみました。効果てきめんで、わたしも嬉《うれ》しいです」

お茶を飲みながら、皓月はそう笑った。確かに、その笑みには苦痛といった負の感情は見えない。先ほどの対応も慣れた感じで、昔からやっていたということがありありと分かった。

すごいな、と純粋に思う。皓月のあり方は、優蘭には眩《まぶ》しい。綺麗《きれい》で、透き通っていて、そしてとても純粋だった。いささか自己犠牲は過ぎるが、その短所さえも美しく見える。

そう思いながら、優蘭も釣られて茶を飲み心を落ち着かせる。

思わずほっこりしていると、皓月があ、と声を上げた。

「す、すみません、ゆったりしている場合ではありませんでした。わたし、これから向こうに戻らなくてはならなくて……」

「あれ、急ぎ、です……?」

突然、皓月に対して言っていることを意識したからか、変な敬語になってしまう。

「はい。しばらくこちらには顔見せできなくなるので、それを伝えようときたことをすっかり忘れていました……!」

ばたばたと、皓月が珍しく慌てている。おそらく、今回の祝賀会で彼も色々やることがあるのだろう。特に今回は、紫薔の腹がだいぶ膨らみ安定期に入ってからの祝賀会だ。何か言う人物たちがいても、おかしくない。

そう瞬時に判断した優蘭は、頷《うなず》いた。

「大丈夫です、こちらはなんとかできますので!」

「は、はい! では、戻ります!」

「はい、いってらっしゃい!」

完全に長官としてではなく妻として見送ってしまったが、まあ誰もいないし大したことではないので問題なかろう。

そこまでしてから、優蘭は口に手を当てた。

「あ。賢妃《けんひ》様のこと、相談するの忘れてた……」

おそらく、優蘭が知る中で一番明貴《めいき》について知っているであろう皓月に、今回の件を相談しようと思っていたのだ。事情が事情なので今まで悩んでいたが、皓月だけには打ち明けておくべきだと朝決意を固めた。

しかし、後の祭り。彼はもう行ってしまった。

明貴に会うのが明日なので、それまでに話を聞くのは無理であろう。最近、皓月の帰宅時間と出勤時間がことごとく被《かぶ》らなくなっていた。だからこそこの機会だったのだが。

優蘭としたことが、やることが山積みすぎて忘れていたらしい。

でも、賢妃様に関する知識は何か入れておきたい……それも、書面上の記録だけじゃなく、ちゃんと伝え聞いたことを。

肩を落とした優蘭は、少し考え。ある人物の元へと足を運んだ。


扉を叩《たた》き、名を名乗れば、許可が得られた。

遠慮しながらも中に入れば、そこには皇帝派宦官《かんがん》の長である夏玄曽《かげんそう》が仕事をしていた。

「申し訳ありません、夏様。今お時間よろしいでしょうか？」

「もちろんです。……何やら、重要なことのようですしなあ」

どうやら、優蘭の表情を見ただけで状況を判断したらしい。玄曽は、表情の機微を見るのがかなり得意なようだ。

その気遣いに救われつつ、優蘭は促されるままに休憩用の椅子に腰掛ける。そして、躊躇《ためら》いながらも懐から文を取り出した。内容が内容なだけあり、執務室に置いておくことができずずっと持ち歩いているのだ。

「実を言いますと……こちら、なのですが」

「これは……以前わたくしが、珀長官にお渡しした文、ですな」

「はい。……ここだけのお話にしていただきたいのです。陛下には、折を見て私から伝えますので」

事情が事情なので、念を押しておく。

たったそれだけで事態の深刻さを把握してくれた玄曽は、深く頷いた。

優蘭はゆっくりと文を開いていく。中身が中身なだけあり、下手なことを口にしたくはなかったのだ。特に今の時期、誰が聞いているかも分からない後宮内で『離縁』の文字を口にしたくなかった。

それを察した玄曽は、ゆっくりと内容に目を通していく。

最後まで読んだ彼は、目を伏せると同時に吐息を漏らした。

「やはり、でしたか……」

「……予想していらっしゃったのですか？」

「はい。わたくしの元へ直に届いたときから、何やらおかしいと思っていたのです。……そうですか、賢妃様のほうから、よもやこのような……」

文をたたんで懐にしまい直しながら、優蘭は目を細めた。

「私が今回夏様の元へ伺ったのは、賢妃様の人となりですとか……後宮入りをした事情などについて、教えていただきたかったからなのです。お会いするのが明日なのに、祝賀会の準備と貴妃様に関する対応に追われて、情報収集ができなかったので……」

「珀右丞相も、今はお忙しそうですからなあ。お二人ともやるべきことが多いゆえ、ゆっくりお話しするのも難しかったでしょう」

「はい。……お恥ずかしい話です……」

「いやいや、珀長官は今、祝賀会の準備と貴妃様の守護をやっておいでではありませんか。賢妃様のことが後回しになってしまったのは、致し方ないことかと。……しかも事情が事情ですから、他者に頼るのもできないことですしなあ……」

大変でしたな。

たったそれだけ。それだけの労《いたわ》りの言葉が、優蘭の胸に落ちて沁《し》みる。だからか、自然と笑みが溢《あふ》れた。

「……ありがとうございます」

「いえいえ。わたくしめでよろしければ、賢妃様に関することをお話しいたします」

「はい。よろしくお願いいたします」

優蘭は、今まで以上に丁寧に謝礼をした。

玄曽はそれに笑いつつ、顔を上げるように伝えてからゆっくりと話を始めた。

「まず……そうですな。賢妃様が後宮入りをした理由について、お話しいたしましょうか」

「はい」

「賢妃様が後宮入りをしたのは……まあなんとなく想像できると思いますが、陛下がそれを望まれたからです。……陛下と賢妃様が、異国の学び舎で学友であられたことは、珀右丞相からお聞きでらっしゃいますか？」

「それは聞いています。こ……夫も、一緒に同行していたとか……」

「はい。なるほど、珀右丞相は、その辺りに関してはお伝え済みだったのですね。それはようございました」

にこにこ笑いながら、玄曽は頷く。

「その地で一緒に学んだことにより、陛下は賢妃様に可能性を見出《みいだ》されたのです。その賢さを後宮内で発揮してもらえれば、黎暉大国はもっと良い国になるのではないかと、そう思われたのですね」

そのときのことを思い出すかのように、しみじみと目を細める玄曽。

「初めのうちは、賢妃様も乗り気でありませんでした。しかし陛下が連日通い詰め、賢妃様を口説き落としたのです。また、賢妃様が後宮入りされるのであれば、後宮内の蔵書を宮廷同様の貯蔵にするとおっしゃられたことも、賢妃様が折れた理由の一つのようですな」

「なるほど……どうりで、後宮書庫の蔵書が多いと思いました」

「はい。後宮書庫の書物は全て、宮廷に置かれているものを写本したものになります。なので量はかなりのものかと」

前々から疑問に思っていたことが解消されはしたが、同時に新たな疑問が浮かぶ。

「……えーっと。あの。こういうことを言うのは、ありなのか分からないのですが……一つ、よろしいですか？」

「はい、なんでしょう」

「……その理由で後宮入りをした賢妃様が、何故妊娠を……？」

純粋というか、割と真っ当な疑問だったと思う。

しかしやはりというか、踏み込んではいけない話題だったらしく。玄曽は笑顔のまま黙りこくってしまった。

少し置いてから絞り出されたのは、困惑したような言葉だ。

「……それは、ですね……わたくしめも、知らないのです」

「え……」

「実を言いますと、二年前の出来事に関しましては、官吏たちの間で禁忌とされておりましてなあ……深く詮索《せんさく》する人間もいなかったのですよ」

本気か。

優蘭は愕然《がくぜん》とする。

いやいやいやいやいや？　皇帝陛下が賢妃様に手を出した理由、割と重要じゃないの!?

表立っての理由が先ほど玄曽が言ったものなら、本来の目的というのが裏にあったはずだ。だから結果として、賢妃が子を宿したのだと思ったのだが。

しかし、それすらも何もなかったらしい。その理由は、皇帝が激怒した二年前の件が元凶なようだ。

「二年前、賢妃様が流産された後のことですな。官吏たちは口々に、賢妃様を責め立てたのです。皇帝の御子を流産させるような妃《きさき》など、後宮にはいらないと」

「それは……」

「まあ、賢妃様の扱いが気に食わない人間が多々いたのです。わたくしめとしては、まだ四夫人の座に空きがあったにもかかわらず、そのような対応をなさった方々が何をしたかったのか、理解に苦しむところなのですが……まあ、とかく。官吏たちは子を亡くされて気落ちしておられる陛下、賢妃様のお気持ちなど考えず、毎日のように賢妃様を下賜させるよう言っておりました」

「……ひどい話ですね」

「はい。思い出すだけでも、恐ろしいことです」

明貴の待遇は、周囲から見れば玉の輿《たまのこし》と言っても過言ではない。おそらく、官吏たちはそれが気に食わなかったのだろう。だから、明貴に不手際があることを理由に責め立てたのだ。

醜い、と思う。しかし、そこに人間らしさがあるのも事実だった。後宮とは、そういう場所だ。

その頃を思い出したのか、玄曽はぶるりと身震いする。

「陛下は、その件に関しては何もおっしゃられなかったのです。ですが、次第に賢妃様への悪口は悪化して……」

「……悪化？」

「はい。彼らは、賢妃様が異国の学び舎《や》で、陛下をたぶらかしたのだと。そう、吹聴《ふいちょう》したのです」

ぞっとした。そんな、ありもしないことを吹聴したであろう官吏たちにもだが。

皇帝にとっての大事な思い出であろう、学び舎でのことを引き合いに出したその無神経さに。無鉄砲さに。無知さに。背筋が、凍った。

皓月から話を伝え聞いた優蘭ですら、皇帝が明貴と異国の地で過ごした日々をとても大切にしていることが分かった。

なのに、そこを的確に踏み抜くとは。愚かしいにもほどがある。皇帝が黙っていたのを、肯定ととらえてしまったのだろうか。

とにもかくにも。その後の話は、なんとなく想像できる。

「お怒りになられた陛下は、その官吏たちを一人一人処断していきました。しかも、れっきとした罪を暴いて。裁いて、回ったのです。……見ていたわたくしめも、生きた心地がしませんでした」

「それ、は……恐ろしい、ですね」

「はい。あの日、陛下は奇《く》しくも周囲に『自分は、お前たちの罪を知っている。知っていて、わざと見逃しているのだ』ということを知らしめたわけです」

「奇しくも、ということは……」

「そうですね。まあもともと、弱みを握るのはそれを使って相手を思う通り動かすためのものであって、別にそれを晒《さら》すためのものではなかったのですよ」

懐かしそうに目を細めつつ、玄曽は訥々《とつとつ》と話す。

「実際、陛下は直属の密偵を抱えていて、様々な人間の弱みを握っていました。賢妃様の一件は、それを使っての公開処刑だったわけです」

「本来ならば、使うことのなかった情報で公開処刑ですか……皓月様が頭を抱えていそうな気がします」

「そうですね、おっしゃる通りです。今は遠方へ視察に行っていらっしゃる左丞相《さじょうしょう》殿も、かなり頭を抱えていた記憶がございますな。それもあり、貴族たちの裏工作もかなり狡猾《こうかつ》になったのですが……悪いことばかりでもありませんでした。なんせ、陛下はそこで絶対的な権威を示されたのですからね。結果、妃方《きさき》に手を出す小者は圧倒的に減ったのです」

そういえば、ずっと不思議だった。後宮なのだから毒殺が常習化していてもいいだろうに、毒殺で命を落とした妃が記録上いなかったからだ。

そっか。でもそれならば、説明がつくわ。

つまり今まで後宮妃たちの命が守られてきたのは、このとき皇帝が自身の力を見せつけたからなのだ。

もちろん前吏部尚書《りぶしょうしょ》・韋氏《いし》のように、鈴春《りんしゅん》が自ら後宮外へ出たいと思うよう。また紫薔と鈴春の仲を悪くさせて、後宮全体の空気を悪くしようとより狡猾に裏工作に走る人間もいた。だが、概《おおむ》ねは皇帝のお陰で、後宮の治安が保たれていたのだろう。

時と場合によるってやつね。

優蘭がそう考えていると、玄曽が少し笑った。

「あの頃の官吏たちは、なかなか面白かったですな。びくびく震えている人も多かったです」

「それはそうですよ……しばらく、夜道が恐ろしくなりそうです。夢にも出てきそう」

「実際、そう言って薬師《くすし》にかかる者も出てきたそうですぞ」

いたんだ、と優蘭は思った。笑えない話だ。冗談にもできない。

「その結果と言いますか。以降、賢妃様に関して何か言う輩《やから》はいなくなりました。少なくとも、後ろ暗いことがある官吏たちは言いませんね」

「なるほど……二年前のことが闇に葬り去られたのも、納得です」

「はい。ただ……」

そう言い、玄曽は言葉を切る。その眼差《まなざ》しがどことなく悲しそうで、優蘭の胸がキリキリと引き絞られる。

「実を言うと、ずっと思っていたのです。賢妃様の件を、あのような形で終わらせてしまって良かったのかと。陛下の権威を見せつける、ただ、それだけの形で終わらせてしまって、良かったのかと」

「……夏様……」

「そうして気にしておりましたら、これです。二年越しの帳尻《ちょうじり》合わせですよ。しかも、その負担を強いられるのが珀長官とは……あなたには、迷惑ばかりおかけしている」

優蘭は、押し黙った。それから少し考え、首を振る。

「それは、違うと思います」

「……と、言いますと」

「夏様だけの問題ではない、ということです。話を聞く限りですと、二年前の事件は皆が目を背けています。逃避したのです、それをどうにかできるだけの心算も、味方もいなかったから」

「……それは……」

「ですが、今こうして表面化しました。それはつまり、『時がきた』ということになりませんか？」

玄曽が、ぐっと喉《のど》を詰まらせる。それを機会と見た優蘭は、続けざまに言葉を発した。

「問題を解決するなら、今なのです夏様。ですが……これを逃したら、全てが壊れます。修復はもうできません。だって――これが、最後の機会ですから」

そう、片付けるなら、今しかない。積み上げてきたものを無駄にしないためには、今やるしかないのだ。

それを解決するのが優蘭だということに、腹が立たないわけではないけれど。二年間何やってたんだと思わなくもないけれど。でも。

自分に与えられたのがそういう役目だということは、納得も理解もできる。

それが、優蘭が定めた『後宮妃の管理人』だから。

それをまっとうするという意味を込めて、優蘭はにっこり笑った。

「大丈夫です、夏様。二年前と違って、後宮《ここ》にはたくさんの人たちがいます。頼りになる方々もいらっしゃいます。そして、私も。……なので、大丈夫です。──夏様が今まで見守ってきたものを、私が周りの協力を得て全力で繋《つな》ぎ止めますので！……もちろん、ご助力はしていただかないと困りますけど！」

自信満々にそう言えば、玄曽はあんぐりと口を開けていた。彼のこんな間抜けな姿は、滅多に見られないのではないだろうか。

しかし、玄曽はすぐに相貌《そうぼう》を崩して柔らかな笑みを浮かべる。いつも通りの、『夏玄曽』の笑みだ。

「……本当に。本当に陛下は、良い方を入れてくださった。そして……珀右丞相は、とても素晴らしい方を迎え入れられたのですな」

「ははは。妻としての実力は、半分以下だと思いますけどね！」

「それで良いのですよ。珀右丞相は、尽くされるより尽くすほうが向いておいでですから」

なんだろう。さりげなく、私のことを貶《けな》しているような……いないような……。

複雑な心境になりつつ、事実なので頷《うなず》いていると、玄曽が悪戯《いたずら》っぽい笑みを浮かべた。

「ですが、お忘れなく。あの方の愛はおそらく、割と用意周到で、深いものですから。言うのであれば、陛下と同じくらいですかね」

「……はい？」

皓月様が、皇帝と同じ？……………ないないないない。

好色皇帝《あんなの》と一緒にされたら、皓月が可哀想だ。彼は浮気なんてこれっぽっちもしなそうな、とても良い夫なのに。

思いっきり首を横に振って「ないない」と言っていたら、玄曽が意味深な顔をする。

「いやいや、愛情のむけ方こそ違えど、愛情の深さは同じですぞあのお二人は。陛下は多数、珀右丞相は一人にのみ向けているだけです。わたくしめとしましては、珀右丞相のほうが少しばかり業が深い気もしますが……陛下の場合まだ逃げられますが、珀右丞相の場合、気づいたときにはどっぷり浸《つ》かって抜け出せない感じですし……」

「いやいやいやいや。……いやいやいや！　なんのお話ですか先ほどから!?」

さっきまでしょぼくれてたのに、急に生き生きし出したわね夏様!?

恋愛話は、万人の心を若返らせる力でもあるのだろうか。いや、今はそんなことしている暇はないのだが。

とりあえず、今は仕事！　仕事終わらせないと、物理的に死ぬ！

そう、自分には関係ない話だと切って捨てた優蘭は、勢い良く立ち上がった。

「と、とりあえず！　私はこれで失礼いたします！　夏様、有益な情報、どうもありがとうございました！　他にも何かありましたら、ぜひ教えてください！」

そう言い置いて、そそくさと玄曽の元から退散した優蘭は、気づかない。聞こえない。

「……わたくしめの推測ですと、珀長官はもうだいぶ浸かっていると思ったのですがなあ……」

玄曽がそう呟《つぶや》きながらも、楽しそうな顔をしていたことに――

＊

昼過ぎ。

明貴の流産に関する情報を医局から仕入れようと宮廷へ足を運んだ優蘭は、一人の男性が廊下の隅に座り込んでいるのを見かけた。

え、体調不良……!?

着ている官吏服は赤。つまり、吏部の官吏だろう。そのことに一瞬動きが止まったが、だからと言って見捨てる理由にはならない。体調が悪い人が目の前にいたら、助けるのは当たり前だ。そのため、優蘭は慌てて彼に駆け寄る。

「もし、お加減大丈夫ですかっ？」

彼は、明らかに青白い顔をしていた。全体的にひょろりと長く、細い。しかし彼は優蘭の存在を認めると、肩を揺らして立ち上がろうとする。

「は、珀長官、ではございませんか……申し訳ございません、お見苦しいところを……」

「いえいえ、お気になさらずに。体調が優れないようでしたら、医局にでも参りますか？」

「……いえ、大丈夫です……よくあること、ですので……」

そう言い立ち去ろうとした男性の体が、風にでも流されるように右側へ、左側へと交互に寄っていく。

ふらふらしすぎて見ていられない……！

あまりのふらふらっぷりに見ていられなくなった優蘭は、彼の腕をがっしりと掴《つか》むと笑みを浮かべた。

「わかりました、一緒に医局へ参りましょう」

「え」

「医局へ、参りましょう。いいですね」

「は、はい……」

有無を言わせぬ強い口調で言えば、彼は怖気《おじけ》づいたように頷いた。

「ただ私だけだと迷う可能性が高いので、案内だけはお願いします」

「え、あ、はい」

よっし。これで今日は迷わず辿《たど》り着ける！

つまり、本日も迷う予定だった優蘭が、今回ばかりは無事に着けるということだ。良縁とはこういう状況を指すのだろうか。渡りに船というやつである。

そんなこんなで、優蘭はその男性を医局へと連れて行ったのである。

「貧血ですね」

彼を見てくれた医官は、そう言って苦笑する。

「呉侍郎《ごじろう》はもともと、貧血がちですからね……その上喘息《ぜんそく》もあるんです。普段からしっかりと、薬を飲んでくださいね？　生薬を煎《せん》じておきますから、今日のところはそれを飲んでください」

「…………はい…………」

「良薬口に苦し、ですよ」

医官が諭すように、彼に言い含めている。それに対し、彼はぺこぺこと頭を下げ俯《うつむ》いていた。終始申し訳なさそうな、そんな態度だ。しかし表情からは「薬は苦くて嫌だ」と言った渋い感情が見える気がする。

その一連のやり取りの慣れた感じを見て、優蘭はふむふむと内心頷いた。

どうやら彼は、ここの常連らしい。

というか、〝呉侍郎〟って言うと……吏部《りぶ》侍郎・呉水景《すいけい》様のことか。

頭の中にあった名簿をひっくり返してそう結論づけた優蘭は、思わず苦笑した。

なんだろうか。優蘭はどうやら、吏部に割と縁があるらしい。

商人時代から、わりとそうなのよね。

昔から、一度関わりを持つと、そこからずるずると他の人とも関係性を持つことになることが多かった。今回もその縁だろう。

生薬を飲んだ後、寝台にしぶしぶ横になっていた水景に、優蘭はそっと近づいた。

「呉侍郎」

「……珀長官。すみません、ありがとうございます……それと、わたしの名前……」

「ああ、先ほどの会話から察しました。吏部侍郎、呉水景様ですよね？」

「は……は、い。よく、ご存じで……」

「名前だけは覚えるようにしているんです。……もしかせずとも、お仕事がだいぶ忙しいのですか？」

水景は、瞼《まぶた》を閉じつつ頷いた。

「前吏部尚書が蔑《ないがし》ろにしていた部分が、割と尾を引いておりまして……その上祝賀会やら何やらで、少し……忙しいかもしれません」

「それはそれは、お疲れ様です」

優蘭の気のせいかもしれないが、水景からは苦労人の香りがする。皓月と同じ感じの、幸の薄さがあるのだ。

うっ……この人もきっと、陛下に振り回されまくってるのね……皇帝、被害者を増やすとか許すまじ。

勝手に共感をして優蘭が胸を痛めていると、水景がぼそりと呟く。

「……すみません、前吏部尚書が、珀長官に盛大なご迷惑を……」

「その話はもう終わったことですので、お気になさらずに。吏部そのものに問題があったわけではありませんし」

そうきっぱり言えば、水景はうっすらと目を開けて優蘭のほうを見た。

表情の機微が薄いから分かりにくいが、おそらくこれは「信じられない」という感情を表した表情だろう。

「恨んで、いないのですか……？」

「恨んでお金がもらえるのであれば、いくらでも」

「お、お金……ですか……」

「はい。ただ、そんな理由でもらった金銭は、きっとろくなものではないと思いますけどね」

冗談めかしてそう言う。水景の瞳《ひとみ》が、揺れた気がした。

「はい。それに、あれは前吏部尚書が起こしたことで、吏部そのものの問題ではありません。そこはちゃんと分けて考えねば」

「……お強いのですね。わたしは……切り離して考えるのが、難しくて……。つい、元部下だった上官に冷たく接してしまうのです」

元部下だった上官っていうと……ああ、新しく吏部尚書になった、公皙李明《こうせきりめい》様のことか。

確かに、もともと部下だった人間が上官になるのは、なかなか複雑だと思う。それが歳下となれば、余計だ。

水景はなおもぽつぽつ話をする。

「なのに、嫌みを言っても、彼は快活に『ありがとうございます、勉強になります』と言ってくるのです……その素直さが、余計憎らしくて。ですが、彼がわたしを信頼してくれているのも分かり……そんなことをしている自分が、嫌で、でもどうしようも、ならなくて、考えすぎ、て……しまって……」

優蘭は、ぱちくりと瞬き目を丸くした。

それは、自己嫌悪だ。しかも、どうしようもないくらいの。

うつらうつらとしながら、水景は呟く。

「もう……疲れてしまい、ました……」

「……そうでしたか」

赤の他人である優蘭にそんな愚痴《ぐち》をこぼしてしまう程度に、水景は今疲れているのだろう。

「……情けない話で、すみません。つい……話してしまいました……」

「いえ、情けなくなど。私ですら大変なのですから、呉侍郎の苦労はよく分かります。本当にお疲れ様です」

「あ……」

水景が、目を見開きぱくぱくと口を開閉させた。しかし言葉に表せないのか、言葉が出てこない。純粋に疲れているのだろう。

彼が次の言葉を紡ぎ出すまで待とうと思っていた優蘭だったが、そこで別の人間が入ってきた。

「これはこれは。呉侍郎ではありませんか」

「ひ、あ……範《はん》、かんがん、ちょう……」

「…………範宦官長《かんがんちょう》？」

水景の視線につられて、優蘭は背後を見た。するとそこには、すらりとした体軀をした男性がいた。

黒髪を一つに結《ゆわ》え、柔和な笑みをたたえた宦官だ。官吏服の色を見れば、相手の立場は分かる。

切れ長の目からはほんのわずかに、金に近い茶色の瞳が見えた。その瞳が妙に印象的で、見つめられるとぞわぞわする。

見た目は三十代くらいだろうか。しかし優蘭は、彼が五十を超えていることを知っている。彼は後宮内でも、若く見える人物として有名だった。

宦官長・範浩然《こうねん》。

後宮内にいる、敵対勢力の長。

実際にこうして顔を合わせるのは初めてだが、ただならぬものを感じる。その笑みに、背筋がぞわりとした。

優蘭は、その感覚に首を傾げながらも笑みを貼り付けた。

「これはこれは、お初にお目にかかります。範宦官長。健美省長官、珀優蘭と申します。以後お見知り置きを」

「ああ、あなたがあの。こちらこそ、初めまして。範浩然と申します。いやはや、まさかこのような場所で相まみえるとは思いませんでした」

「それは私のほうも同じです」

優蘭は、社交辞令的にそんなやり取りをした。そして、少しでも情報を引き出そうと他愛のない話をする。

「範宦官長は、呉侍郎とはお知り合いなのですか？」

「ええ、はい。よく、酒を酌《く》み交わす仲ですよ。近くに来たので寄ってみたら、呉侍郎がいらっしゃったのでつい」

「左様ですか」

そんなやり取りをしていたら、水景が青い顔をさらに青くして少しだけ笑う。

「……珀長官、わたしはもう大丈夫です」

「……ですが……」

「大丈夫、です」

水景は大丈夫そうに見えない顔色をしていたが、その瞳からはただならぬ意志を感じる。

だからか、優蘭も頷《うなず》くしかなかった。

そもそも優蘭は、具合が悪そうにしている水景を助けただけ。それ以上でもそれ以下でもない間柄だ。深入りすることなんてない。

しかし、その青白い顔が気になって。少しだけ、躊躇《ため》らいを覚えた。

だが、水景のほうから拒絶される。

「珀長官、道中ありがとうございました。どうぞ、職務を全うしてください」

これ以上踏み込むなと、そう言われた気がした。だから優蘭も素直に頷く。

「……はい。失礼いたします」

後ろ髪を引かれるような思いを抱きつつ、優蘭はそそくさと部屋から出ていく。

ただ、本来の目的である明貴の情報集めは忘れていない。

明貴の懐妊情報や、彼女が流産した際の情報はもちろんのこと、優蘭は当時明貴の担当医官としてついていた人物のことも気になっていた。

記録によると、その医官の名は譚子墨《たんしぼく》。中立派の宦官だ。懐妊時のみならず、今現在も明貴の主治医として何かあったら対処しているようだ。

宦官は先ほど出会った宦官長が保守派なため、保守派の数が大半を占めている。そんな状況下で中立派を貫いているのは、なんだかとても不思議だった。

そういった意味でも、子墨という人物は気になる。

だから優蘭は、彼に会いにいくことにした。


子墨は、医局の中でも乾燥させた薬草を管理する部屋に配属されているらしい。

彼らしき人物の姿を部屋の中で認め、優蘭は声をかけた。

「もし。譚子墨様でいらっしゃいますか？」

「はい、わたしが譚子墨ですが……あなた様はもしや、珀長官でしょうか？」

「ええ、そうです。……この衣を見ただけで、おわかりになりました？」

「そうですね。薄紫色の女官服を着た女性で、しかも医局にまで来られる方は、あなた様しかおられませんから」

素晴らしい頭の回転速度だ。さすが医官である。

「何やら、わたしに用があるご様子。……どうぞ、何もてなしはできませんが、それでもよろしければ」

「はい。ありがとうございます」

その頭の回転速度ゆえか、子墨はとても聡《さと》かった。

彼は、突然の訪問に嫌な顔一つ見せることなく。むしろ、優蘭を進んで中に入れてくれる。そして、部屋の奥。薬棚が所狭しと並ぶ部屋に、優蘭を誘導してくれた。

優蘭は改めて、子墨を観察する。

子墨は、優蘭が思っていたよりもずっと若い医官だった。

歳は二十代後半くらいだろうか。黒髪焦げ茶といった、ごくごく普通の色を持っている。

宦官らしい、少し女性的な顔立ちをしているのも後宮内では一般的だ。

ただ、雰囲気が優しげでとても穏やかな顔立ちをしている。

五彩宦官は、ひたすらに姦《かしま》しいのに。雲泥の差だ。

そう思いながら、部屋の一角に置いてある椅子に揃って座ると、子墨は首を傾げた。

「わたしに、どのようなご用事でしょうか？……とお伺いするのが、一般的なのでしょうが。珀長官がわたしのような医官に会いにくる理由など、お一つです。――賢妃様のこと、でしょうか」

「……おっしゃる通りです」

本当に、恐ろしいほど聡い。

そして子墨はおそらく、口がとても固い。でなければ、明貴に関する情報がもっと漏れていたはずだ。さらに言うのであれば、あの皇帝が学友であった明貴につけた人物だ。素性や人柄に関しては、特に問題ないのだと思う。

その予想通り、子墨は困った顔をした。

「いくら珀長官であっても、賢妃様の一件をお話しすることはできません」

「それは、どうしてでしょう？」

「簡単です。わたしが、中立派の宦官で、医官だからです」

子墨は穏やかに微笑む。

「中立派は、どちらにも味方をして、どちらにも味方をするからこそ中立という立場を守れるのです。ですので、わたしが珀長官にのみ肩入れするわけにはいかないのですよ」

「……なるほど。確かにその通りですね」

つまり、子墨は「もし優蘭に明貴のことを話すのであれば、保守派の人間からも同じことを聞かれた際、優蘭にしたのと同じように説明をする」と言っている。

優蘭としては、それは困る。明貴の件は、慎重にいきたいからだ。もし明貴の件が保守派貴族にばれれば、皇帝との仲を修復することはできなくなる。なので、子墨にも口止めする意味も込めて今回接触を図ったのだが。

どっちを取るかは、私の采配《さいはい》次第ね。

しかし、子墨のその徹底振りには少なからず驚く。そして、子墨の言葉の巧みさにも。

優蘭は思わず舌を巻いた。

「あの、純粋な疑問なのですが」

「なんでしょう？」

「そこまで徹底するのは何故でしょう？」

子墨は、口端を持ち上げた。

「わたしが、中立派という立場を選んだからです」

彼はそう言い、話を始めた。

「珀長官もご存じの通り、宦官の大半は保守派です。ですがわたしは、医療に携わるものとして派閥など関係なく、皆平等に救いたかった。だからこそ、後ろ指を指されようと中立派を選んできたのです。そしてそれを守るためには、どちらにも肩入れしない必要がありました」

「……なるほど」

「だからこその、徹底です。一度でも自らが課した決め事を破れば、わたしなど容易《たやす》く排除されることでしょう。なので、わたしがわたしからこれを破るということは、それ相応のことが起きたときのみでしょうね」

「……よく分かりました」

子墨の言い分には、優蘭も納得できる。そのため、すんなりと頷いた。

子墨には子墨なりの信念があって、そのような行動をとっている。それが分かっただけでも十分だ。

だが、これだけは確認しておかなければならない。優蘭は口を開く。

「つまり、譚医官の処置には何一つ問題はなかったし。書面にまとめられていること以上のものは、何もないという判断をしても構いませんか？」

「はい。我が命に誓っても、わたしは自分の処置に間違いはなかったと確信しておりますし、信じております。……また、医官であるわたしが中立派の賢妃様を陥れるようなことは、絶対にありません」

「……かしこまりました」

……ほーんと、びっくりするぐらい聡くて拍子抜けしちゃうわ。

最後に付け足された言葉を聞き、顔を合わせたときよりも強くそう思った。なんだかんだで、子墨は優蘭が一番聞きたかった情報を落としてくれたのだ。

そう。優蘭が一番に疑っていたのは、子墨が誰かから指示を受けて、明貴を貶《おとし》めた可能性である。

それが一番手っ取り早いし、宦官《かんがん》の大半が保守派な以上、中立派を名乗っていても保守派寄りなのだろうなとたかを括《くく》っていた。

だが、それはどうやら間違いだったようだ。

こんな優しい見た目をしているのに、芯《しん》が本当にしっかりしてるわ。

それと同時に、明貴が意図的に突き飛ばされたことが明らかになり、優蘭の胸がちくりと痛む。

許せない、許せない……。

胸がじりじりと焼けるようだ。その痛みをこらえるべく、ぎゅっと手を握り締めたら。

「……本当に、腹が立ちますね」

腹の底から吐き出されたような声を聞き、背筋に冷たいものが走った。

その言葉を紡いだのは、子墨だ。

先程まで慈愛に満ちた表情をしていた彼は、今確かに怒っていた。

「賢妃様の御子を救えなかった自分にも腹が立ちますが。それ以上に、命をもののように扱い、あまつさえ殺人まで犯す人間を、わたしは心の底から軽蔑《けいべつ》します」

「……そ、れは……」

「……これはこれは、申し訳ございません。少しばかり、高ぶってしまいました。今の発言はどうぞ忘れてください」

「……かしこまりました」

優蘭はこのとき、自身の考えを改めた。

……むしろ、優しいからこそ頑固なのかもしれないわね。

優しい人というのは、皆自己犠牲だ。人のことばかり考え、自分を顧みない。そしてそれは同時に、彼が大切にしているものに手を出せば、自身の身を顧みることなく怒り狂うということに他ならない。

つまり子墨は、保守派の人間に対してはどうも思っていないが。明貴を傷つけた犯人に対しては、容赦しないということになる。

優蘭としてはもう少し何か情報を引き出せたらと思っていたが、子墨が明貴に関する書面以上の情報を開示しないというのであれば仕方がない。子墨という人物の人柄や信念を知ることができただけで、今回はよしとする。

優蘭は立ち上がった。

「譚医官、ありがとうございます。お話、大変興味深かったです」

「いえ。申し訳ありません、何もお構いできず……」

「いえいえ。こちらこそ、突然押しかけてしまい申し訳ありません。……ただ、一点だけ。よろしいですか？」

「はい、なんでしょうか」

「賢妃様のこと。これからもどうか、よろしくお願いします」

「……もちろんです」

よし。賢妃様の味方を一人知ることができたわ。

そのことに満足しながら。

優蘭は意気揚々と医局を後にしたのだ。

＊

翌日の昼。

部下に仕事を託した優蘭は、賢妃の宮殿『烏羽宮《うきゅう》』に来ていた。

その名の通り、烏の濡羽の如き漆黒の屋根をした宮殿は、近づくだけで背筋が伸びる。

静謐《せいひつ》であり、厳か。そんな雰囲気をした宮殿は、まるで時が止まったようにそこにあった。

仕えている侍女たちも、雰囲気が落ち着いている。愛想はないが、厳格な規則は持ち合わせている感じだ。

宮殿内も、無駄な飾りは何一つない。

しかし掃除はきちんと行き届いていて、どこもピカピカだ。潔癖的とも言えるくらいに間の椅子に座っていた。

は綺麗《きれい》だ。そこに、この宮殿の主人の性格が見え隠れしているようだった。

肝心の賢妃・史《し》明貴は、背中に棒でも入れているかのように、背筋をぴしりと正して客間の椅子に座っていた。

漆黒の髪を少し結っただけでそのまま垂らし、顔にはほんのり化粧をしている。墨のように濃い黒の瞳《ひとみ》は、とても真っ直ぐだった。

特別美人とは言い難いが、優蘭と比べると整った顔立ちをしている。他の四夫人たちより華はないが、なぜか目を惹《ひ》きつけられる力があった。

そんな明貴に、皇帝は『菖蒲《あやめ》』の銀 簪《かんざし》を贈ったらしい。

何やら悔しいが、皇帝の花選びは的確だと思った。

明貴には、すらりと真っ直ぐに伸びた葉と、控えめながらも形の変わった鮮やかな花を咲かせる菖蒲を彷彿《ほうふつ》とさせる何かがある。

――まさしく、菖蒲のような妃だった。

地味で質素な、しかし質の良い衣を身に纏《まと》い、必要最低限の飾りのみをつけた彼女は、やはり他の妃とは違い可憐《かれん》さがない。代わりに、大樹のような厳かさと凛然《りんぜん》さがあった。

明貴は、優蘭が来るや否や、立ち上がり礼をする。淑女の礼というより、官吏の礼のようだった。柔らかさよりも、凛とした感じが前面に出ている。

「この度は、お忙しい中わたしの宮殿にいらしてくださり、ありがとうございます」

初めて聞いた声音は、まるで剣のように鋭かった。愛想なんてかけらもない。しかしその潔さが、優蘭は嫌いではなかった。

優蘭も釣られて礼をする。

「こちらこそ、お呼びくださりありがとうございます、賢妃様」

「世辞は結構です、呼び出したのはわたしなのですから。……珀長官も、多忙の身と伺っております。でしたら、わたし如きの話に時間をかけるわけにもいきません、簡潔に済ませましょう」

気遣い上手とも、素っ気ないとも取れる言葉に、優蘭は内心苦笑する。

多分、今のは間違いなく本音なのだろうけれど……言い方に棘《とげ》がある感じがするのよね。

何より、自分を貶《おと》めるような言葉選びがなんだか気になった。見識に富んでいる上に、皇帝ともやり合った妃なのに、なぜ自己評価が低いのだろうか。色々と考えが浮かんで消える。

そう言えば、昨日医局から引っ張り出してきた記録にも、賢妃様の精神的不安定さについて書かれてたわね。

つまり、子墨もその点は心配していたし、注視していたようだ。

しかし忙しいのは事実なので、その言葉に甘えることにした。

「はい。……それで、賢妃様。陛下と離縁したいというのは、誠でしょうか？」

「はい」

「……よろしければ、理由をお聞かせ願えますか？」

明貴は、表情を変えることなく言う。

「まず第一に。陛下は、わたしの元に通ってこそおいでですが、ここ二年ほど閨《ねや》を共にしておりませんでした」

「なるほど、二年。二年お手つきにならなかった妃は、下賜されるのが通例でしたね。つまり賢妃様は、その通例に則《のっと》ってこのようなことを仰られたと？」

「はい。それが、理由の一つです」

訥々《とつとつ》と、まるで人形のように語る。つぶさに観察したが、そこにどういった感情があるのか全く読み取れなかった。まさしく鉄面皮だ。

厄介ね……。

心の中で少しばかり焦りながらも、優蘭は笑みを浮かべた。

「なるほど、分かりました。理由の一つということは、他にもあるのですね」

「はい、残り二つあります。……二つ目は、わたし自身が陛下のお役に立てていない点です」

ここにきて、明貴は初めて少しだけ表情を動かした。どことなく残念そうな、悔しそうな。そんな顔だ。それも、かなりささやかでしっかり観察していなければ分からない程度。

表情筋どうなっているのだろう、と優蘭は思う。

そんな優蘭の考えなどつゆ知らず、明貴はゆっくりと、事務的に話した。

「わたしが後宮入りした最大の理由は、わたしの持ち得る知識を使って、後宮をまとめあげることでした。……そう、今、珀長官がやっていらっしゃるようなことです」

「……それ、は」

不意打ちでの情報に、さすがの優蘭も動揺した。しかしなんとか、表情だけは取り繕う。昔からやっていたからか、表面上だけはなんとか整えられた。

そんな優蘭の変化に、やはり明貴は淡々としていた。

「ああ、ご安心ください。珀長官のことを恨んだりなどしておりません。むしろ、わたしができなかったことをやっていただき感謝しております」

「感謝、など……」

なんと言ったら良いのか分からず、優蘭は困惑する。前任者がいるなど、聞いたことがなかったからだ。というより、もしいたならば真っ先に話を聞きに行っていたし、協力体制を組もうとしたと思う。そのほうが断然楽だからだ。

しかしそれがなかったということは。

賢妃様が上手《うま》くいかなかったから、私が後宮《ここ》に呼ばれたということ……？

背筋に、冷たいものが落ちていくような気がした。

「……そもそもわたしには、まとめあげるという行為そのものが向いていなかったのです。口を開けば衝突ばかりで……毎回、相手を怒らせてしまう。そんな人間に、他者をまとめるということなどできるわけもありません。それを把握できていなかったのは、わたし自身の落ち度ですので、恨むなどお門違いなのですよ」

優蘭の頭の中に、皓月の言葉が蘇《よみがえ》る。

『対立って、言い方を少し変えればなんとかなることが多いですからね』

そう。言い方一つで、選ぶ言葉一つで、伝わる雰囲気は恐ろしいほどに変わる。今話していても、明貴にそう言った気遣いはできそうになかった。だから、他の妃たちとの間に衝突ばかり起きたのだろう。

明貴は、なおも淡々と語る。

「そして三つ目は……貴妃様がご懐妊なさったからです。それを聞いて、ああわたしは、女としても臣下としても、陛下のお役に立つことができない女なのだということを感じました」

「……そのお話を、陛下にはされましたか？」

「いいえ。ですがあの方は昔から、そう言ったことは口にされません。それを悟ることを望まれています」

「確かに……そういったところはあります。多々、ありますね……」

否定しようかとも思ったが、まったく以《も》ってその通りだったせいで逆に頭を抱えたくなった。でなければ、優蘭が後宮で仕事を始めた当初、わけの分からない試練を与えたりしないだろう。擁護できない。

そこで初めて、明貴が微笑んだ。笑っているのに、どこか空虚な笑みだ。

「当初、わたしには後宮の管理というお役目が与えられていました。わたしも、それを誇りに思っていたのです。……にもかかわらず、陛下はわたしを抱きました。そのとき、わたしはそういうものだと思ったのです」

「……そういう、もの？」

「はい。後宮に入れば、全て陛下のもの。特に女の場合、陛下との子を成すことが一番の存在価値です。当時はそう思って、納得してしまいました。だから、黙って身を預けたのです。……なのに」

漆黒の瞳が、優蘭を見つめた。

――ぞわっ。

背筋が総毛立つ。

色素の薄い唇がゆっくり開かれていくのを、優蘭は金縛りにあったような心地のまま見つめていた。

「なのに何故、あなたは別なのでしょうね？」

たった一言。それが、全て。

その一言に、今明貴が抱えている想いの全てが込められている。そう、思った。

なぜ、なぜ、なぜなぜなぜ。

何故。何故なのかと。どうしてなのかと。

そんな想いが、突き刺さるような気がした。

ぎりぎりぎりぎり。金属の板に爪を立てたときのような。鈍ついていて嫌な音が、優蘭の心臓を引き絞った。手のひらに冷や汗をかき、悪寒がする。

今まで、こんなにも緊張する商談があっただろうか。

今まで、こんなにもどす黒い感情を向けられたことがあっただろうか。

なかった。そう断言できるくらいには、明貴とのやり取りは荒《すさ》んでいた。

しかしそれも一瞬だ。ごくりと生唾《なまつば》を飲み込んだ優蘭を一瞥《いちべつ》してから、明貴は目を逸《そ》らす。

「……ですからわたし、今回の件が、陛下なりの離縁状なのだと思ったのです」

明貴が自分自身に出した答えは、あまりにも救いがなかった。

わけの分からないまま、しかし後宮に来たからには子を成すべきだと納得して子供を成した。しかしそれも、事故によって奪われた。

当初与えられていた仕事も、月日が経つとともに優蘭に取られ。

最後に残っていた女としての役目も、既に紫薔が果たしている。しかも、自分とはもう二年も肌を重ねていない。なら、女としてももう期待されていないのだろう。そう考えるのも無理はない。

それだけでももう十分すぎるくらいなのに、最後の最後で抱かれた意味すら奪われた。他ならぬ、優蘭にだ。

ぼろぼろだ。誰の目から見ても、今の明貴は深く傷ついていた。なのに周囲が気づかないのは、彼女自身が悲鳴を上げなかったから。

暴れても良いだろう。泣き叫んでも良いだろう。喚《わめ》き散らしても良いだろう。

だが、史明貴という妃はそれをすることすらしない。それはおそらく彼女が、理性的な人間だからだ。それを当たり散らす相手が違うと、頭で理解してしまっているからだ。

だから彼女は、ただひっそりと。この毒のような花園から消えることを望んだ。

その願いを叶《かな》えることは、『後宮妃《きさき》の管理人』である優蘭にしかできないことだ。恨んでも良い優蘭相手にそれを打ち明けてくれたのだから、明貴は本気なのだと思う。もしくは、優蘭が秀女選抜後に宣言したあの言葉を試しているのかもしれない。

優蘭は、一度気持ちを落ち着かせるべく深呼吸した。

そして、言葉を選んでいく。決して、彼女を傷つけることがないように。

「……承りました。賢妃様からのお申し出、謹んでお受けいたします」

「……そう、ですか」

明貴は、どこかほっとしたような、安堵《あんど》の表情を見せた。しかし何故だろうか。優蘭には、それが痛ましく見えてしまう。

それが顔に出てしまう前に、優蘭は続けた。

「離縁のお話を公表するのは、祝賀会の後でもよろしいでしょうか」

「はい、もちろんです」

「離縁前に、陛下とお話しされるおつもりは」

「ありません」

「承りました。賢妃様のご意志は、できる限り尊重させていただきます」

「……お願いいたします」

そこまで来て、明貴は侍女頭に指示を出した。彼女が持ってきたのは、数十冊の書物だ。

それが丁寧に布に包まれている。

「このようなもの、珀長官には必要ないかもしれませんが……わたしが持っていてももう意味がありませんので、差し上げます」

「……これは？」

「……なんでしょう」

明貴は、少し迷い。かすれた声で呟《つぶや》いた。

「日記、のようなものです。後宮内で起きたことや、噂話……とにかくそれらを綴《つづ》ったものですね。何かの役に立つことがあるかもしれません。……まあ、わたしでは扱えなかったのですが」

自嘲《じちょう》気味に笑みを浮かべたが、明貴は直ぐに無表情になる。

「いりますか？」

優蘭は、わずかに笑みを浮かべ頷《うなず》いた。

「ありがたく、頂戴《ちょうだい》いたします」

「そう、ですか。……そう」

「はい」

おそらく、優蘭がここでいらないと言えば、明貴の努力すらも否定してしまうことになる。もう十二分に傷つき、今も血を流しているのに助けを求めない不器用な妃に、そんなことはしたくなかった。

それに……これを読めば、賢妃様がどんな気持ちで後宮《ここ》にいたのか、分かるかもしれないもの。

それは、明貴の後を継ぐ優蘭が知らなければならないことだ。それだけは、忘れてはいないけない。だから受け取った。

後ろ髪を引かれるような心地の中、優蘭は書物を抱えて頭を下げる。

「それでは、私はこれにて」

「はい」

「また、お話しに伺うかと思いますが……そのときはどうぞよろしくお願いいたします」

「……分かりました」

そう呟いた明貴の目には、もう何も映っていなかった。

「……失礼いたします」

その言葉とともに閉ざされた客間の扉は、重く、鈍く、冷えていて。

ばたん。

その音が妙に、耳に響いて消えた。

これが、珀優蘭と史明貴の最初の顔合わせ。

そして——後宮至上最大とも言える、夫婦《ふうふ》喧嘩《げんか》の始まりだった。

第二章　妻、孤独な妃の本音に触れる

翌日。

今日も今日とて、空は気持ちいいくらい青く澄み渡り、雲一つない快晴だった。少し肌寒くはあるが、過ごしやすい気候だ。

そんな空の下、優蘭《ゆうらん》は落ち込むでも悔やむでも、立ち止まるでもなく。

いつも通り、紫薔《ししょう》と鈴春《りんしゅん》とお茶会を開いていた。

蘇芳宮《すおうきゆう》、薔薇《ばら》庭園にて。

「今日も、とてもいいお天気ですね」

淑妃《しゆくひ》・綜《そう》鈴春が、満面の笑みをたたえていた。

金色の髪が揺れ、太陽の光を浴びてキラキラ輝いている。色白の頬も薔薇色に染まっており、機嫌が良いことはありありと分かった。

どうやら、これくらい涼しい気候が彼女には合っているらしい。夏場までは薄手の襦裙《じゆくん》にもかかわらず暑い暑いとぐったりしていたが、今は秋らしい少し枯れた淡い色の襦裙を着ている。流行色だそうだ。

何を着てもよく似合う、本当に美しい少女である。

その姿を見て、優蘭も思わずにっこりした。やはり、美人は笑顔のほうが良い。それだけで、場が華やぎ明るくなるというものだ。特に、優蘭の最近の生活は荒《すさ》んでいるため、それだけで心が和んだ。

そんなふうに見られているなどつゆ知らず、鈴春は鼻歌を歌いながら、幸せそうに菓子を頬張っている。

今日の菓子は水晶玉《すいしょうぎょく》、秋から冬にかけて食べられる、温かい定番菓子だ。粉円粉《ふんえんこ》と呼ばれる、茹《ゆ》でると半透明になるモチモチとした生地の中に小豆餡《あずきあん》を入れ、温めた蜜《みつ》に浸して食べるのが一般的な食べ方である。

だが最近は、中の餡を変えて色とりどりにするのが流行《はや》っていた。

今日出されたのも、胡麻《ごま》餡、甘藷《かんしょ》餡、小豆餡を使っている。黒、黄、紫それぞれの餡子が半透明の生地の奥で、綺麗《きれい》な色を主張していた。

目で見ても楽しめるこの一品は、内官司女官たちによる力作だ。実際、後宮内でもかなり好評らしい。

「ふふふ。本当に、とっても良いお天気ね。薔薇たちも綺麗に咲いてくれて、わたくしも嬉《うれ》しいわ」

紫薔が花のように綻《ほころ》ぶのを見て、優蘭も笑った。

「こんな素敵なお庭にお招きいただき、本当にありがとうございます。私、薔薇は初夏の花だと思っていたのですが……秋薔薇も深い色味をまとっていて、とても美しいですね」

咲き誇る臙脂《えんじ》色《いろ》の薔薇を指し示して言えば、紫薔は自慢げに言う。

「そうなのよ、優蘭。秋薔薇も綺麗でしょう？　薔薇は管理をしっかりすれば年中楽しめる、とても素敵なお花なのよ。そういう意味でも、わたくしは薔薇が大好きだわ」

そう言い愛《いと》おしげに腹部を撫《な》でる紫薔の腹は、服の上から分かるくらいぽっこりと膨れていた。もう、以前から着ていた衣では隠し切れないくらいになったのだ。

それでも、紫薔は相変わらず美しい。「妊婦であろうと着飾りたい」という彼女の意見を取り入れ、今回も新作の衣を着ていた。裾《すそ》が外側に広がるものだ。

歩けばまるで天女の衣のように、裾が後ろに流れていく。襟元はしっかり隠されており、露出が少ない作りになっていた。体を冷やさないためだ。

しかし露出が少なくとも、その魅力は衰えることがない。むしろ皇帝には「それくらい楚々《そそ》としていたほうが、逆に肌を暴きたくなる」とかまたわけの分からん高評価をもらっているらしい。こう言ってはなんだが、本当にどうしようもない男だなと思う。

それを差し引いても、紫薔の美意識の高さには脱帽した。

私が後宮にきたときは、まだそんなに大きくなかったのに……時間の流れって早いわね。

そんな時間を一緒に共有してきた鈴春は、割と早い段階で紫薔の懐妊に気づいていたようだ。紫薔自身も鈴春に前もって伝えていた。それなのに今もこうして穏やかに茶会を開けているのは、多分とても良いことなのだと思う。

そんな紫薔は、膝掛《ひざか》けと肩掛けをかけ、足元には火鉢を焚《た》くという完全防備で今回の茶会に参加している。今日は比較的暖かいので、彼女が外で茶会を開きたいと言ったのだ。しばらく窮屈な思いをさせていることは理解していたので、優蘭が完全防備を条件に許可したわけである。そのとき、「優蘭って母親みたいね」と言われたが、別にそういう要素はなかったと思う。

妊婦に、冷えは大敵ですし！

紫薔は割と、優蘭を弄《もてあそ》んで楽しんでいる節がある。何が楽しいのかはさっぱり分からないが、まあ良いだろう。それで発散できているのだと思えば、優蘭の苦労などあってないようなものなのだから。

そう割り切り、しばし歓談を楽しんでいた優蘭だったが、本題は別にあった。

そう、賢妃《けんひ》・史《し》明貴《めいき》のことだ。

別に、明貴を疑うわけではない。彼女にとっての事実は、昨日話したことでほぼ全部だろう。彼女が感じた痛みも、今もなお刺さり続ける棘《とげ》となって、心を蝕《むしば》んでいる。

ただ、それだけが本当の理由でないことは、なんとなく察していた。

さらに言うなら、優蘭が抱いていた皇帝像と、明貴から聞いた皇帝像に齟齬《そご》があったのも気になっている点の一つだ。

私が思い描いていた皇帝は、なんだかんだで妃《きさき》たちのことを第一に考えている人だった。だけれど賢妃様から聞いた皇帝像は、女を利用し尽くすただのひどい男だわ。

優蘭だったら、間違いなく簀《す》巻《ま》きにして逆さに吊《つる》し上げて一晩置いた後、金的を踏みつけて使い物にならなくしているくらいのろくでなしだ。

このずれには、確実に何かがある。

だからこそ、優蘭は自分よりも長い時をかけて愛を育んできたであろう妃二人と、皇帝の話をしようと思ったのだ。

水晶玉も食べ終わりいつも通りの世間話をしていた頃、頃合いを見た優蘭は、蘇芳宮の侍女たちに目配せをした。その合図を受け取った彼女たちは、新たな菓子を三人の前に音もなく差し出す。

深皿に入っていたのは、豆腐より柔らかいものの上に甘く煮た色々な豆や茹でた落花生を載せ、生姜《しょうが》入りの甘い蜜に浸した温かい菓子だ。

それが何かいち早く気づいた鈴春が、瞳《ひとみ》を丸くさせ感激している。

「こ、これは……豆《とう》羽《う》衣《い》ですね……⁉」

「はい。淑妃様がおっしゃる通り、こちらは豆羽衣です」

「……とぅいって？」

きょとんとした様子で、紫薔が首を傾げている。

紫薔が知らないのも無理はない。これは、彼女の故郷である薇鮮州《びせんしゅう》でも、都がある天華州《てんかしゅう》周辺でも馴染《なじ》みがないものだった。

なので優蘭が説明しようとしたら、鈴春が興奮した様子で代わりにやってくれる。

「豆羽衣というのはですね、豆乳を凝固液で固めたものに、甘く煮たお豆を載せ甘い蜜に浸して食べる、温かい菓子です。清蓮州《せいれんしゅう》でよく食べられるものなんですよー！」

「まあ、清蓮州の特産品なのね！」

「はい！　豆腐のようなのですが、豆腐よりも柔らかいこの食感が、とっても癖になるんです……」

清蓮州というのは、鈴春の故郷だ。自然豊かな土地で美味《おい》しいものが多く、異国文化を上手に取り入れているのが特徴である。

その中でも豆羽衣は、清蓮州に異国文化が入ってくる前から豆腐同様主食として食べられてきたものだった。豆乳を凝固させただけなので、味はいくらでも変えられる。上に載せるものを変えれば、味も変幻自在だ。

ただ、新鮮な豆乳を使って凝固剤で固めないと作れないので、今回内食司女官長に食材提供をすることを前提に頼み込んで作ってもらったわけだ。

紫薔も食べるため、妊婦に悪いものは使わないよう気を配っている。お腹にも優しくつるんと入ってしまうこのお菓子は、今回の件で使うのに最適だった。

優蘭は、たたみかけるようにすっと、円卓の真ん中に新たなる刺客である茶筒を置く。

「そしてこちらも、よろしければ……」

「あら、これは？」

「黒豆茶です。美容にも良い上、妊娠していても飲めます」

「まあ……」

「珀《はく》夫人……」

やめてー。これは何かあるなって顔をするの、やめてー！

実際、貢ぎ物なので否定できない。そして何かあるたび、毎度のようにこういうものを持ってきていたので二人にはばれていた。

話を聞くまで茶筒を受け取らないつもりの二人に、優蘭は大人しく内情を説明する。

「その、ですね。大変、聞きにくいのですが……」

「なぁに？」

「……お二人から見た陛下は、どのような方なのかなぁと思いまして」

「……陛下、ですか？」

互いに顔を見合わせ、首を傾げる妃たち。質問の意図を掴《つか》みかねているらしい。

これはまずい。

そう思った優蘭は、改めて言い直した。

「私、最高権力者としての陛下のことはよく……そう、よく存じ上げているのですが、お妃様方の前でのみ見せる『夫としての陛下』は知らないのです。それは、後宮管理をする上でどうなのかと思いまして」

「ああ、そういうことね」

「はい」

「優蘭が、陛下のことを好きになってしまったのかと思ったわ」

「何をどう考えて、その結論に」

「うふふ、もちろん冗談よ？」

愉快そうに笑う紫薔を見て、してやられたと思った。完璧《かんぺき》に弄ばれている。

しかし、そのお陰か場の空気が和らいだ。鈴春もこくこくと頷《うなず》いている。それを見て、優蘭は胸《むね》を撫で下ろす。

納得してくれて良かったわ。ここで、賢妃様に関してのことだけは絶対に言えないもの。

もしそれを二人──『貴妃《きひ》』と『淑妃』に気安く言ってしまえば、優蘭の長官としての信頼は地に落ちる。それくらいまでに、今優蘭が抱えている問題は重大なのだ。

それを友人と言ってくれている妃たちに話すのは、絶対いけない。仕事と私用は分けるべきだ。

それができない人間が『後宮妃の管理人』をやっているなど、笑わせる。明貴だけでなく、紫薔と鈴春も落胆するであろう。今のように茶会を開くこともなくなるかもしれない。

今回の離縁騒動は、それくらい慎重に扱わなくてはならないことだった。

優蘭が一人、密《ひそ》かに拳《こぶし》を握り締めていると、紫薔が顎《あご》に指を当てる。

「そうね、陛下ね……こう言ってはなんだけれど、陛下に初めてお会いしたときは驚いたわ。とても、お優しかったから。もっと、物のように扱われるものだと思っていたわ」

さらっと。本当になんてことはないふうに発せられた言葉は、思っていた以上にしっかりとした質量を持っていた。

しかし、鈴春も頷く。

「あ、姚《よう》貴妃もですか？　わたしも、それは思いました。なので、後宮入りした日は本当に眠れなくて……あのとき感じていた恐怖は、今もはっきり覚えています」

「分かるわ。わたくしも、ものすごくドキドキしたもの」

「本当に。心臓が飛び出るかと思いました」

目を細め、二人は過去を懐かしむように遠くを見つめる。だが、言っていることはひたすらに重い。

それを笑い話にできてしまう程度に、二人は〝妃〟だった。

紫薔が笑う。

「他の妃たちとも話をするけれど、陛下は一人一人をちゃんと見てくださる方よね。対応の仕方が違うもの」

「そうですよね。わたしのときは、一週間くらいは指一本も触れませんでしたから」

「わたくしのときは……わたくしの話を聞いてくれようとしたわ。多分、わたくしが聞き手ばかりに回っていることに気づいてくださったのでしょうね。『もっと自分の意見を言っていい』と、笑って言ってくださったわ」

「……えっ」

あの、人のことを振り回すだけ振り回し、場を引《ひ》っ掻《か》き回し続ける唯我独尊男が、一週間指一本も触れなかった……？　さらには、自分語りをするでもなく、貴妃様の話を引き出そうとした、ですって……っ？

なんというか、想像と大きなずれがある。もっとこう、女性関係でもぐいぐいいくのかと思っていた。

優蘭や皓月《こうげつ》に対してはこれっぽっちも遠慮がないので、余計そう思う。

思わず疑いの眼差《まなざ》しを向けていたら、紫薔にくすくす笑われた。

「あら優蘭、その顔は信じていないわね？　本当よ？　とっても優しいの」

「そ、そうですか……」

「だって陛下がわたくしを閨《ねや》の相手にしてくださったのは、わたくしが後宮入りしてから半年近く経ってからだったし」

「…………え？」

あの皇帝が、この絶世の美女を前にして半年近く何もなしだと……？　直ぐに手を出しそうなのに……？

思わず素で驚いていたら、鈴春が少し気恥ずかしそうにしながら頷く。

「わ、わたしも……その。夜はずっと、そういうことがなかったです。代わりに、いらっしゃるたびに色々な話をしてくださったり……まるで、恋人を扱うかのように、優しく甘く……あま、く……」

「口説き落としてくるのよね～」

「…………っっ!!」

鈴春が顔を真っ赤にしながら言いよどんでいたら、紫薔がそれをあっさり代弁する。すると、鈴春の顔がまるで熟れた林檎《りんご》のように赤く染まった。彼女は両手で頬を押さえながら、ただただ首を縦に振る。

「ほ、本当に、お優しいのです……そういうことをするのは、わたしがその気になったらでいいとおっしゃって……くださって……」

「ふふふ、面白い方よね。無理強いはなさらないの。なのに気づいたら、目が離せなくなって……だからなのかしら。半年で、身も心も許してしまったわ。それに……そういう関係になったとしても、わたくしへの愛情表現は忘れないのよ？」

自身の腹を優しく撫《な》でながら、紫薔は微笑む。

その顔が本当に幸せそうで、満ち足りていて。あどけなく、艶《つや》やかで、夢見心地で――明らかに、恋に落ちていて。

優蘭は、紫薔の言葉に嘘偽りがないことを悟った。

鈴春も、首振り人形のようにこくこくと頷く。

「わ、わたし……後宮入りするまで、自分は物のように扱われるのだと、そう思って生きてきました。ですが陛下は、わたしを一人の女性として扱ってくださるのです。特にわたしは、陛下に迷惑をかけ続けてきたのに……」

それはおそらく、優蘭が後宮に入る前のことを言っているのだと思う。確かにあの頃の鈴春は、ありとあらゆるものに怯《おび》える手負いの獣のようだった。

それでも彼女がなんとかやってこれたのは、皇帝が心を砕き続けたおかげ。そのせいで鈴春の心が黒く染まっていったという一面もあるかもしれないが、大切にされなかったら鈴春が後宮に居続けることもなかったはず。

もしあの頃手を出していたら、鈴春の心は間違いなく壊れていただろう。それが容易に想像できる程度に、優蘭は鈴春と接していた。

耳どころか首筋まで真っ赤に染めた鈴春は、口をもごもごさせながらも言う。

「なので、その……そ、の……せ、先日……です、ね……」

「あら、とうとう？　そういえば先ほども、『そういうことがなかった』って過去形だったし……あら、あらあらあら」

「…………」

こくこくこくこく。

無言で肯定し続ける鈴春。紫薔の言うように、どうやらとうとうそういう関係になったようだ。

「良かったじゃない、綜淑妃！　おめでとう！」

「あ、あり、がとうございます……」

「ああ、だから今日はなんだかとっても艶っぽいのね。納得だわ」

「よ、よよよ、姚貴妃ッッッ!?」

「ふふふーそんなに真っ赤な顔をして。可愛いわ。陛下も、こんなに可愛らしい方をまた手中に収めて……焼けちゃうわ」

「あの、えっと、そのっ」

鈴春が顔を真っ赤にして、口をぱくぱくさせている。しかし紫薔はどこ吹く風という感じで、口元に扇を当て楽しそうに笑っていた。完全に遊ばれている。

遊ばれていることが分かっていながらも、鈴春は林檎のように赤い顔を隠せずわたわたしていた。

その初々しさに微笑ましくなると同時に――優蘭は、心の底から安堵《あんど》した。胸を撫で下ろし、いつもは浅く腰掛けているだけの椅子に、少しだけ深く腰を落とす。

幾分気の抜けた状態で、優蘭はぽつりと呟《つぶや》いた。

「なんと言いますか……お二人からお話が聞けてよかったです、本当に。実を言いますと、その辺りに関しては前々から不安に思っていましたので」

「あら、どういうこと？」

「……この女性ばかりが集まる花園で、陛下がお妃様《きさき》方をどのように扱っていらっしゃるのか。その辺りが、ずっと気になっていたのです」

『皇帝』という国の最高権力者が、後宮に女性たちを集めるのは何故か。

自身の権力を周囲に知らしめるのと同時に、所有欲を満たすためである。

後宮入りした時点で、妃たちは皇帝の所有物として扱われ、その処遇さえも勝手に決められるのだ。

だから、二年間お手つきがなかった妃たちが、『下賜』という形で別の男に下げ渡されたりする。

出戻りをした妃たちの行き場がなくなるのも、皇帝がいらなくなったものに価値はないと、下賜することさえしない程度の女性なのだと、周囲がそう判断するからだ。後宮にきた時点で、女性たちはそういう〝物〟になる。

優蘭は、それが嫌いだった。

しかし今代皇帝、劉亮《りゅうりょう》は、それだけは絶対にしないと言う。

優蘭を起用した理由と言い、妃たちへの溺愛《できあい》っぷりはなんとなく分かったが、実際に目の当たりにしたことはなかった。優蘭は通いで、後宮に住んでいるわけではなかったからだ。だからずっと、少しだけ不安だったのだが。

この二人がそう笑えるということは、つまりはそうなのだろう。それが分かっただけでも、今回の茶会は大収穫と言える。

そう思った優蘭は、努めて明るく声を弾ませた。

「ですが、安心しました。お二人が本当にお幸せそうだったので、私の心配も杞憂《きゆう》だったのですね」

「そうね。それよりも、むしろわたくしは……優蘭がそこまで考えてくれていたことに、心の底から驚いたわ」

「……そうでしたか？」

思わず首を傾げれば、紫薔だけでなく鈴春も力強く頷いた。

紫薔が、鈴春……延《ひ》いては後宮妃たちが考えるであろう思いを代弁してくれる。

「ええ。だって……普通に考えて、そこまで気になさらないでしょう？　わたくしたちが幸せかどうかと、後宮の管理は付随しないわけですし」

「確かにそうですが、でも私、他者が笑っているのを見るほうがずっと好きなので。自分が関わった方々が、自分が提供した品物のおかげで幸せに笑っているのって、意外と嬉《うれ》しいものなんですよね」

ただそうなると……やっぱり気になるのが、賢妃様の言葉よね。

二人から聞く皇帝と、賢妃から聞いた皇帝。この二つには、決定的な違いがあった。

それは——相手に対する思いやり。

貴妃と淑妃には思いやりのある行動をするのに、賢妃にのみ身勝手な行動をしている。

その齟齬《そご》が、気にかかった。

かと言って、賢妃が嘘をついてるとは思わない。貴妃と淑妃が、皇帝のことを隠しているとも思わない。どちらの痛みも、喜びも、悲しみも、生々しいくらい本当だと思ったからだ。だから優蘭は、この三者の証言を全て信じた上で一本の道筋を立てた。

結果、出した答えは一つ。

どちらも本当なのだ。

まごうことなく。

本当でしか、ないのだ。

そう仮定するしかない。

しかしそれを裏付けるためには、他の妃たちからも情報を集める必要がある。それも、できる限り多くの……できれば、妃全員から話を聞きたい。そして、皓月と話をする必要もあった。やはり彼でなければ分からないことがあると、そう思ったからである。

やることは多い上に、祝賀会前のこの忙しさだ。進行は困難を極めるだろう。

だが、やることは決まった。時間こそかかるであろうが、道筋が立ってしまえば後は突き進むだけ。だからか、明貴と話をしたときに感じた空虚感はもうどこにもなかった。

できることなら、仲が良いと言われている淑妃様から、賢妃様のことを聞きたかったけど……さすがに、今回はやめておくのが良さそうね。

事情が事情なだけあり、丁寧に扱うべきだと再認識した。明貴と仲が良い人は他にもいるはずなので、鈴春を頼るのはそちらを確認してからでいいだろう。

優蘭はにこりと笑い、拳《こぶし》を握り締める。

「お二人のお話、大変興味深かったです。参考になりました、ありがとうございます」

「え」

「え？」

お互いに顔を見合わせ、「え」と言い合う貴妃と健美省長官。そこで、鈴春が興奮気味に介入する。

「せっかくですし、珀夫人の話も聞かせてください！　珀右丞相《うじょうしょう》とは、上手《うま》くいっているんですか？」

「……えっ。何故私まで言う空気に!?」

「何言っているの、優蘭。女性は皆、他人《ひと》の恋愛話が好きなのよ？　優蘭は仕事人間だし、こんな話題になることなんて滅多にないもの。その辺り、今どんな感じなのか聞きたいわ」

「いやいやいやいや」

優蘭は勢い良く首を横に振る。期待されても困るのだ。夫婦らしいことなど、これっぽっちもしていないのだから。

しかも、もう今回の件を聞くためのお代は払ってるもの！　別に私がここで、代償を支払う必要はないわよね!?

しかし、こと恋愛に関して、女性とは肉食になるようで。じりじりと、精神的に追い込まれる。

「珀夫人。わたし、珀夫人のお話にとっても興味がありますっ」

「えっと……」

「だってお二人の結婚って、割と謎が多いです。噂が色々飛び交っているんですよ？」

「そうよねー」

「はい。『珀右丞相が、珀夫人のことを見初めた』ですとか。『珀右丞相が留学していた際に運命的な出会いを果たし、満を持しての恋愛結婚』ですとか。色々と噂があるようですが、一体どれが本当なのですかっ？」

待て待て待て待て。どんな噂よそれ!?

ものすごく侮蔑《ぶべつ》的に「優蘭が皓月をたぶらかした」とか、「珀家に取り入って、権力を意のままに使っている」とか言う話は優蘭の耳にも入っているが、そんな可愛らしい噂は聞いたことがない。

特に、後者は本当にわけが分からない。どうしてその結論に至ったのか。

おそらく、一商人だった優蘭と貴族令息の皓月が出会う場面が、皓月の過去を踏まえるとそれくらいしかなさそうだから……と言う安直な考えだと思うが、本当に誰が何を考えて吹聴《ふいちょう》したのだろう。

噂の出所、どこよー!!

思わず内心憤りをあらわにしていると、紫薔の満面の笑みが優蘭に向けられる。

「ねえ、優蘭？……楽しい楽しいお話は、これからでしょう？」

「ひっ」

にっこり。不気味なほど美しく笑われ、悪寒が走った。思わず椅子の上でずるずると後ずされば、紫薔だけでなく鈴春の笑みも深くなる。

ともすれば、国を傾けかねないほどの麗しい微笑みを浮かべ、後宮寵妃《ちょうひ》たちに迫られる優蘭。見つめられているだけなのに、だらだらと嫌な汗が背筋を伝っていく。

まあ当たり前だが、逃げられるわけもない。

優蘭は早々に白旗を振った。

「……お話しさせていただきます……」

そんな台詞《せりふ》を皮切りに、優蘭は洗いざらい結婚後の生活を喋《しゃべ》らされ。ときにはきゃわきゃわされ、ときにはやんわりとダメ出しを食らい。

——ようやく解放された日暮れ前には、心身ともにくたくたになっていた。

＊

「つっかれたぁ……」

夜。

風呂《ふろ》上がりに寝台でうつ伏せに倒れながら、優蘭は絞り出すような声を上げた。

そんな優蘭のそばにすぐさま現れたのは、侍女頭・宝湘雲《ほうしょううん》を含めた、珀家に仕える精鋭侍女たちだ。彼女たちは無言で優蘭の体に香油を塗り込み、四人体制で揉《も》み始める。

あまりの対応に初めのうちは「やめてくださいやめてください高待遇すぎます……！」

と悲鳴を上げていた優蘭だったが、今となっては「ありがとうございます……」とお礼を言うだけでとどまっていた。慣れとは怖いものである。

でもこれ、実際ものすごく気持ちいいのよね……。

このまま寝落ちすることなど、日常茶飯事だ。なのに朝起きれば、きちんとかけ布がかかっているので、そこまでの世話までしてくれたのだろう。

どこから入手してきたのか聞くのが怖いが、薫衣草《くんいそう》の香り袋が枕に仕込まれていたこともある。間違いなく優蘭の実家、玉《ぎょく》家からのものだと思うのだが。優蘭の知らないところで、いつの間にか繋《つな》がっていやしないだろうか。

そんなふうに驚くくらい、珀家使用人による夫婦の徹底管理はそれはそれは見事なものだった。時には専属医による針治療なんかもある。「健康面に関しては、珀家使用人一同が徹底的に管理する」と言っていた湘雲の言葉は、本当だったわけだ。

今回も寝落ちしてしまいそうになったが、今日はやるべきことがあるので必死になって起きていようとする。だから、湘雲に話しかけた。

「ねえ、湘雲さん」

「なんでしょう、奥様」

「……私って、皓月様の妻としてどうなのでしょう」

思わず、そんな言葉が口からこぼれ落ちた。

……いやいやいや。何言ってるのよ私!?

昼間、紫蕾と鈴春と話をしたからだろうか。普段ならば絶対に言わないようなことを言ってしまった。我に返り「なんでもありません、忘れてください」と言おうとしたが、

「どういうことでしょう?」

と湘雲が小首を傾げる。その表情が純粋な疑問を浮かべていて、冗談だと言える空気ではない。そのため、引くに引けなくなってしまった。

今のやり取りで目が覚めた優蘭は、目を逸《そ》らしながら呟《つぶや》いた。

「その。今日実を言いますと、夫婦に関してお妃《きさき》様方と話をしまして……」

「はい」

「その……『夫婦揃って仕事人間すぎでは?』と指摘された次第です……夫婦の営みとかやってなかったなーと……」

「そんな、今更なことを言われましても……わたくし、反応に困ります」

グサリ。

湘雲からの容赦ない一言が、心に突き刺さった。

「そもそもお二人は、そういう関係性になることをご承知でご結婚なされたのでしょう。ならば、致し方のないことかと存じます」

「はい……」

「まあ、確かに。確かに、わたくしども使用人からしてみましたら、色々と不安なこともございますが」

「……はい」

「急な結婚でしたので、親類縁者の方々へご挨拶《あいさつ》に伺えてない件ですとか」

「うっ」

「お世継ぎ問題ですとか」

「うぐっ」

「領地問題ですとか」

「ぐはっ」

「まあ、色々ございますね、はい」

相変わらずだが、彼女は本当に自重しないようだった。それでも嫌な気がしないのは、優蘭を蔑《ないがし》ろにしているわけではないことが態度で分かるからだろう。

四十過ぎているにもかかわらず美しい侍女頭は、表情を変えることなく言う。

「ですが……わたくしは別に、お二人が夫婦らしくないなどと思ったことはございません」

「……え？」

「なんですか奥様。その意外そうなお顔は」

「いや……だって私、妻らしいことはしたことありませんし……」

「……別に、妻が妻らしいことをしたからと言って、夫婦らしくなれるわけではありませんし。夫が夫らしいことをしたからと言って、夫婦らしくなれるわけではありませんから」

妙に現実味を帯びた言葉に、優蘭は湘雲を凝視した。

湘雲は一つ瞬きをすると、あっさり言う。

「経験談にございます。わたくし、妻らしくしようとした結果『人形と暮らしているみたいだ』と言われて浮気をされ、離縁しておりますので」

「え」

「まあもちろん、それだけが離縁の理由ではございませんが……子供はわたくしが引き取りましたしね」

暗に「夫側に非があった」と、湘雲は言っていた。いくら夫側に非があったとはいえ、今の社会大体うやむやになり、妻側が黙らされることもしばしばある。

だからその対応に珍しいなと思ったが、湘雲の実家は珀家に代々仕えている家系だ。力関係的に、湘雲のほうが強かったのかもしれない。

だが、この話は別に、聞かなくても良かったことだ。少なくとも、こんなにさらっと言わせるべき言葉ではない。

優蘭は、深入りしたことを詫《わ》びようと起き上がろうとしたが、湘雲に「動かないでください」と静止された。

「まだ終わっておりませんので」

「あ、はい」

どのような状況になっても仕事熱心なのは、この侍女頭も同じだと思う。

言葉に出さずとも分かってしまうという面でも、湘雲は優秀だった。

「それに、奥様が謝罪なさることはございません。このお屋敷の女主人は奥様です、使用人の過去くらい、知っていて当然でしょう」

「……ありがとうございます」

「いいえ。わたくしとしましても、終わった話ですし……子供はわたくしが引き取れましたので、それだけでもう十分なのですよ」

そう言った瞬間、ふわりと。湘雲の表情が和らいだ気がした。子供のことを本当に愛しているのだと思う。

ふと、どんな子供なのか見てみたくなった。

「……今度絶対に、お子さんを見せてくださいね」

思わずそう呟けば、湘雲は一瞬驚いた顔をして。でも嬉《うれ》しそうに。

「はい。是非」

そう、笑った。湘雲がそんなふうに笑うのを、優蘭は初めて見た。美女の笑みは本当に華々しくて、釣られて笑みが浮かぶ。

全身指圧の気持ちよさも相まって思わず表情を緩めていたら、湘雲が困ったように笑った。

「奥様。奥様は十二分に魅力的ですよ」

「……ん？」

「貴方《あなた》様は、他者が大切にしているものを分別した上で、ご自身もまるで同じように扱ってくださりますでしょう？　だから旦那《だんな》様も、奥様には心を開かれているのです」

「……そうですか？」

「はい、もちろん。奥様はご自覚ないかもしれませんが、旦那様……坊っちゃまは昔から警戒心が強く、自分の胸の内を他者に明かさない方です。その代わり、相手にはことさら優しくなさいます。心の距離感を、態度に表さないためですね」

言われてみたら、確かにそんな気がした。

皓月様って、なんていうか……何重にも隠された薄い幕の奥に、一人ぽつんと立っている感じがする。

暴こうとして一歩踏み出しても、その幕が薄過ぎて踏み込んだことすら分からない。そして気づいたら、元の場所に戻っているのだ。それは、優蘭もなんとなく感じている。

それと同時に、「坊っちゃま」という呼び方に、湘雲は本当に幼い頃の皓月を知っているのだと、そう思った。

ちりっと、よく分からない感情が胸の奥から湧き上がってくる。

これはなんだろうと首を傾げているうちに、湘雲が話を締めていた。

「ですが、奥様にはそのようなことはないので大丈夫です。……旦那様も、色々と話されておられるようですし」

にっこり、湘雲が笑う。その含みのある言い方にばつが悪くなった優蘭は、顔を逸らした。

意地悪そうな顔をしながら、湘雲は続ける。

「それでも、奥様がもう少し夫婦らしくなさりたいとおっしゃるのであれば……そうですね。まずは、呼び方を変えてみるのはいかがでしょう？」

「……呼び方、ですか？」

「はい、呼び方です。奥様は旦那様のことを様付けで呼ばれますが、そうですね……さん付けにしたら、もう少し心の距離感というものが近づくのではないでしょうか？」

「……なるほど、一理ありますね」

「もしくは、敬語をなくすとかいかがでしょう？」

「……それはちょっと、いきなりすぎると言いますかなんと言いますか……」

「なら、呼び方変更ですね」

……何かしら。ものすごくいい感じに、誘導された気がする……。

上手《うま》いなぁ、と思う。話の持って行き方全てが。自分よりも長く生きてきたからこその知恵なのか、湘雲だからこその知恵なのか。

分からないが、その助言に悪い気はしないので素直に頷《うなず》いた。

「ちょっと、挑戦してみようと思います」


皓月が帰ってきたのは、結局それから半刻経ってからだった。

食事と湯浴みを終えた皓月が自室に入ったことを湘雲から聞いた優蘭は、早速彼の部屋に突撃する。

肝心の皓月は、嫌な顔一つせず——むしろ嬉々《きき》として、優蘭のことを歓迎してくれた。

「す、少し待ってくださいね……今お茶を……！」

「あ、あ、大丈夫です！ それよりも、相談したいことがありまして……」

「相談、ですか？」

「はい」

こほん。優蘭は一つ咳払《せきばら》いをしてから、唾《つば》を飲み込む。

夜ももう遅いので出来る限り早く本題に入りたかったが、想像以上に言いづらい。そのためか、なかなか言葉が出てこなかった。

……どう言えばいいのかしら。

自分の過去を話す以上に、今回の件を皓月に伝えることはとても重たいものだ。

しかし、皓月は空気を読み黙って待ってくれている。

その冷静さを見て、優蘭は無駄な小細工をするのはやめようと肩の力を抜き。

そっと、口を開いた。


「賢妃様が、陛下と離縁なさりたいそうです」


声もなく、皓月が目を見開き絶句していた。

そんな皓月に申し訳なさを感じながらも、優蘭はずっと持ち歩いている明貴からの文を差し出す。

以前鈴春から腰紐《こしひも》をもらったときのように、利用されたら困るため懐に入れていた。

差し出した文に皓月が目を通している間、優蘭は補足して説明する。

「貴妃様の懐妊を公表した翌日に、こちらが届いたのです。その後、賢妃様ご自身とも話をして理由なども伺いました」

「……離縁したい理由はなんだと、彼女はおっしゃっていましたか？」

「はい……理由は三つです。一つ目は、二年以上お手つきになっていないこと。二つ目は、自身が陛下のお役に立てていないこと。そして三つ目は……貴妃様が、懐妊したからと。そう、おっしゃっておりました。自分の役目はもうないと」

場に、嫌な沈黙が広がった。

とりあえず座って話をしようと思った優蘭は、「座ってゆっくり話をしたいです」と言う。皓月もそれに頷いた。

席についた優蘭はとりあえず、自分自身の考えを皓月に告げる。

「皓月様。私、今回の件が発覚してから気になって、貴妃様と鈴春様に『お二人は陛下のことをどのように思っているのか』伺ったのです。そうしたら、お二人は『陛下はとてもお優しい、妃《きさき》の気持ちを最優先させる方』だとおっしゃられるのです。ですが……賢妃様から伺った陛下は、その真逆でした」

「……史賢妃は、なんと？」

「はい。賢妃様ご自身がはっきりとおっしゃったわけではありませんが……賢妃様は陛下の態度に、不満……と言いますか。理不尽さを覚えていたようです」

「具体的にはどのようなことを言っておりましたか？」

「まず、自分自身は後宮管理のために後宮に入ったと思っておいででした。なので、妃らしい夜伽《よとぎ》などはしないと。ですが……陛下は、賢妃様をお手つきになさったのですよね？

その段階で、賢妃様はご自身の役目を『妃として世継ぎを残すこと』だと考えたようです」

うっと。皓月が呻《うめ》き声を上げた。

しかし彼は、絞り出すような声でさらに質問をしてくる。

「……他にもありますか？」

「い、一応……」

「分かりました、お願いします……」

「は、はい」

優蘭は、ごくりと唾を飲み込んだ。

「しかし……子供を残せず、さらには後宮を管理するという当初の役目も真っ当に行なえず、悩んでいたのだと思います。だけれど、賢妃様は賢妃様なりにどうにかしようと考えていたはずです」

それは、あの大量の書物を見れば分かるだろう。後宮ができてから早二年半。明貴は欠かさず、後宮内の情報を書き綴《つづ》っていた。

自分には決して扱えないのだと、そう理解していながら。ずっとずっと、書き綴っていたのだ。

そのときの明貴の心情を考えるだけで、胸がひりつく。

孤独。

孤独の闘いだ。

その闘いを讃《たた》えてくれる人間はおらず、さらにはそれを扱える人間は自分ではなかった。それがどれほどまでにつらいことか。

「そこで、私が出てきてしまった。これにより、賢妃様はご自身の存在意義を完全に見失ってしまったようです」

「……そう、ですね……」

「はい。そこに追い討ちをかけるように、貴妃様の懐妊が公表されました。……多分賢妃様はこのとき、もう耐えられなくなったのだと思います。いえ……むしろ、今までよく耐えていたのではないでしょうか」

「……その通りだと思います」

額をおさえながら、皓月はため息混じりの言葉を発した。彼がここまで打ちひしがれているのは珍しいな、と思う。

そこに追い討ちをかけるようで気が引けたが、優蘭はずっと聞きたかったことを口にした。

「皓月様。私、ずっと気になっていたのです。……陛下はどうして、賢妃様のことをお手つきになさったのでしょう？」

「……それ、は……」

「後宮入りに関しての詳しい話は、夏《か》様から伺いました。ですが、陛下ご自身の考えについては、夏様もご存じなかったのです。……皓月様は、ご存じでらっしゃいますか？」

「…………」

無言。それが、全ての答えだった。

そっか……皓月様は知ってるわよね。

幼い頃から一緒にいた腹心で、今や宰相だ。知らないわけがないだろう。しかも皓月は、皇帝と明貴と一緒に学び舎《や》に通っていたのだ。二人の関係性については、この国の誰よりも知っているはず。

優蘭は皓月に畳み掛けることなく、ただ待った。話してくれると、そう思ったからだ。手を組み、悩むように視線を床に落としている皓月。その顔が、優蘭のほうを向く。

それが、合図だった。

「……知って、います。本来なら、わたしの心中だけにとどめておくべきことだと思うのですが……今回は、事情が事情です。分かりました、お教えします」

「はい」

「陛下が、史賢妃に手を出したのは——陛下の初恋相手が、史賢妃だからです」

そう言われて。

驚くのと同じくらい、優蘭は納得した。

不思議なくらい、すとんと胸に落ちたのだ。

皓月はこめかみを揉《も》みほぐしながら言う。

「なので、大変言いにくいのですが……史賢妃を後宮に入れたのも、本当は好きな相手を自身の近くに置きたかったから。ただそれだけだったのですよ」

「……え。つまり、後宮管理云々は建前ってことですか⁉」

「半々ですね。当時の陛下の周りには味方が少なかったので、あのときは本当に史賢妃が適任だと思ったのですよ。ただ、本音はなんとしてでも史賢妃を後宮に引き入れたかったはずです。でなければ、後宮内の蔵書を増やすという暴挙もありませんでしたし……」

「な、なるほど……確かに」

優蘭は、はっとした。

そうよ……何故そんなにも簡単なことに気づかなかったの……！

明貴が、皇帝の初恋。

そう考えれば、今までの不可解な行動に全て理由ができる。

少し客観的に見れば、史明貴はこれ以上にないくらい寵愛《ちょうあい》されているのだから。

手始めに、後宮内の蔵書の数を増やす。写本にも手間がかかる上に、書物は紙を使う。

価値のあるものなのだ。それをほいほい渡した上に書庫まで増築するのは、かなり異常である。

　そして二つ目に、明貴に手を出してしまったこと。これは完全に、若気の至りだとか初恋の相手だったから、的な理由だろう。どこぞの若者だよと言いたくなるが、初恋だったなら拗《こじ》らせていてもおかしくはない。なので理解はできる。納得はできないが。

　三つ目に、子供を流産してからの対応。普通ならば、周囲から何を言われようと特に何も言わず終わるはず。しかし皇帝は、明貴を貶《おとし》められたことに激怒して数人の官吏たちを裁いたのだ。これは純粋に、好いている相手を一方的に貶められて、頭に血がのぼったのではないだろうか。

「え、じゃあ、二年間手を出さなかったのは」

「それは……どちらかというと、陛下側の事情ですね。史賢妃が死にかけたのを見て、精神的に応《こた》えてしまったようで……」

「つまり、怖気《おじけ》づいたんですか⁉」

「言い方はアレですが……そうですね……」

　それで二年も手を出さないとか、本当にクソかな⁉

　思わず心の中で叫んだが、口に出さなかっただけ偉いと思う。むしろ、よく耐えたと褒めて欲しいくらいだ。

「え、じゃあ私が後宮入りしたのって、もしかしなくとも代わり？　賢妃様の代わりですか!?」

「うぐっ……正しくは、その……史賢妃は適任ではなかったので、次を探したと言いますか……多分きっと陛下の本音としては、史賢妃が後宮管理を上手《うま》くできずに悩んでいるのを見て、その憂いを払ってあげたくなってしまったのだと思います……」

どんな気遣いだそれは。逆に本人を追い詰める類《たぐい》の気遣いって何？　ありがた迷惑以外の何物でもないな!?

「ていうかそんな理由だったら、賢妃様が私を恨むのすらそもそものお門違いじゃないですか！」

「え、史賢妃が優蘭さんを恨んでいらっしゃったのですか!?」

「恨んでるというか、私への対応と自分への対応がかなり違っていたせいで、完全に病んでましたよ！　どうして自分は妃として後宮に入った上で、陛下のお手つきになったのに、私は外から通いで別に旦那《だんな》がいるのはなんでだって言われましたわ！　正直言います、めっちゃ怖かったです！」

というより、こんなにも報われない真実があるだろうか。

今まで明貴が抱えていた思いも。痛みも。

全部全部、本当なのに。

それが、ただの勘違いですれ違いで思い過ごしで。何も悩むことがなかった、だなんて。

ふつふつと、胸の奥から怒りが湧いてくる。

「どんなに想ってたって、それが賢妃様本人に伝わってないんじゃ意味ないじゃない!!」

耐えきれなくなった優蘭が吠《ほ》えれば、皓月が頭を抱えた。

「こ、こうなるから、この話をするの嫌だったんですよ……！」

「ど、どういうことですかそれ。私に何か問題がっ？」

「だってこの話をしたら……優蘭さんがわたしを嫌いになってしまうかもしれないじゃないですか……！」

……え、どういうこと？

ぽかん。

わけが分からず、優蘭は目を丸くする。

それに気づかず、皓月は膝《ひざ》の上に置いた拳《こぶし》を握り締めた。

「流石の優蘭さんだって、誰かの代わり……しかもほぼ肩代わりに近い形で後宮に入ったと知れば、嫌な気持ちになるでしょう？　しかもそんなことのためにわたしと結婚することになったのですから、なおのことです。史賢妃が、また陛下が史賢妃に恋をしていなければ、あなたは商人のままいられたのですから」

「……あ、なるほど、そういう……」

残念なことに、これっぽっちもそういう思考にはならなかった。むしろ、嫁《い》き遅れの優蘭にとっても商人の優蘭にとっても、皓月との婚姻はこの上ないくらいの好条件だったからだ。

そんな優蘭の呟《つぶや》きが聞こえていないのか、皓月はなおも続ける。

「わたしは……陛下の想いに気づいていながら、それを止めませんでした。むしろ、そのほうが良いと背中を押した側の人間です。そこに、優蘭さんの立場や思いを考えようという気持ちはありませんでした……そうでなければ、陛下も史賢妃も壊れてしまうと、そう思ったからです」

「……結果として上手《うま》くいっているのですから、別に皓月様が気になされることは……」

「……いえ、いえっ。それとこれとは別です。少なくとも、何も関係ないあなたを巻き込んだ理由にはなりません。わたしたちがきっちり、解決するべき案件だったのですから」

皓月が、今にも泣きそうな目をする。

どきり。

胸が高く鳴り。

ぐっと、喉《のど》が詰まった。

混乱の最中、皓月が真っ直ぐ見つめてくる。

「は、始まりは確かに政略結婚で、蓋《ふた》を開けてみればこんな理由だったんですが……で、でも、わたし、優蘭さんと過ごしていくうちに、あなたとの時間を大切にしたいと思うようになったんです……」

皓月の眉《まゆ》がどんどん八の字になっていくたび、優蘭の胸が引き絞られる。

なんでそんな、捨て犬みたいな顔するのかしらねぇ！　私のほうに罪悪感が……！

皓月はなおも言った。

「ゆ、優蘭さんのこと、これから大切にします。陛下のように、振り回したり無理強いしたりは絶対にしません、しませんから……り、離縁だけは……！」

「…………いや、いやいやいやいや。離縁は絶対にないですよ⁉」

「本当ですか⁉」

妙に必死になっていると思ったら、何を突拍子もないことを⁉

そういう話はしていなかったのだ。

もしかして、優蘭が自身が結婚した裏事情を知れば、今の立場に不満を覚え皓月のことが嫌いになると思ったのだろうか。確かに衝撃は衝撃だったが、そんなことあるわけないのに。

しかし不覚にもドキドキしてしまった優蘭は、胸元を押さえつつ頷《うなず》く。

「あるわけないじゃないですか。皓月様に不満はないわけですし。あるとしたら、陛下への不満です。全く……」

「で、では……離縁は？」

「ないです、ないない。そりゃ、言わなかったのは確かにあれですけど……皓月様が黙っていた理由も分かりますし。皓月様だけは許します。皓月様だけは」

「陛下は無理なんですね……」

「残念なことに、ちょっと許容範囲を大幅に超えてますね」

「ですよね……」

むしろ、許されると思っているのだろうか。二年以上もあったのに、いい年した大人が何をしていたんだという話だ。もちろん、皇帝と明貴の両方ともである。

何が許せないって、別に私に何も言っていなかったことじゃないのよ。肝心の賢妃様に、「聞くな悟れ」を貫いてたことなのよ……！

ただ、他の妃《きさき》ではそういった確認ができていたわけで。

それがなかったのは何故なのか。そこを解決しておかなければ、この二人の仲を修復することは不可能だと感じた。

「皓月様。皓月様は、陛下が賢妃様に対しての扱いがなんというか……雑？　な理由に、心当たりはありますか？」

「雑……ああ、多分それは、史賢妃が学友だからでしょうね。陛下は、付き合いが長ければ長いほど、言葉で伝えなくなる方なのです」

「はーなるほど。そのせいで、盛大なるすれ違いと勘違いをしているわけですか。はーん」

優蘭の心が荒《すさ》み始める。結局のところ、悪いのは大体全部皇帝だったわけだ。実に腹立たしい。

「……優蘭さん、機嫌悪いですか……？」

「もちろんですとも。ただ、やることは分かったのでとりあえず安心しました。……皓月様にもご迷惑をおかけしてしまい、申し訳ありません。祝賀会の件で、大変なのですよね？」

「そうですね、少しやることが多いです」

「それはすみません。夜遅いですし、もう眠ったほうが良いと思います。明日も朝早く出られるのですよね？」

「はい。正直、優蘭さんとの時間が減るのは惜しいのですが……」

しょんぼりと項垂《うなだ》れる皓月。それを見た優蘭は、おろおろする。

「ほ、ほら、祝賀会明けのお休みが確か一緒でしたから、そのときにでもどこかに出かけましょう！」

「お出かけ、ですか……それは良いですね」

皓月がはにかみ、思いついたように言った。

「この時季ですし、都の外れにある紫廉山《しれんざん》に、紅葉を見に行くのはどうでしょう？」

「おお、紅葉ですか。良いですね」

「はい。湘雲たちに昼餉《ひるげ》を作ってもらって、二人で小旅行にいきましょう」

「分かりました。楽しみにしています」

「はい。……わたしも、しばらく頑張れそうな気がしてきました」

本気で嬉《うれ》しそうな皓月を見ていると、優蘭までもが嬉しくなってくる。同時に、ずっと楽しそうにしていて欲しいなとも思う。

皓月様は本当に幸が薄いから、私が幸せにしないと……！

そのためにはまず、目先の問題を片付けなくてはならない。こういうときに、とばっちりを食うのは皓月なのだから。

そう思った優蘭は、部屋に帰るや否や明貴から貰《もら》い受けた書物を引っ張り出した。

「とりあえず、これを最速で読み込んで離縁騒動……もとい盛大なる夫婦喧嘩《ふうふげんか》に決着をつける!!」

そして、皓月様の心身に安寧を!!

そう意気込み、書物を紐解《ひもと》いた優蘭は、数頁読んでから動きを止めた。

一頁、また一頁と読んでいくごとに、優蘭の心に震えが走る。

「……何よ、これ」

開いた書物の一頁目には、こう記されていた。


『最愛の劉亮様に、わたしの全てを捧《ささ》げる。これ以上の喜びは、きっとない。

ですが、わたしの思いなど気づかれずともいいのです。

あの方のお役に立てるのであれば、それで良いのです。

これから、この後宮にはたくさんの女性が集まるでしょう。そのように美しい花たちと比べれば、わたしなど路傍の花でしかありません。

だから、代わりにわたしは、これから全力で——劉亮様のお役に立てるよう、誠心誠意働かせていただこうと思います。』


それは、純粋で切ない恋心を綴《つづ》った日記だった。他の書物とも見比べてみたが、これだけが明貴の主観に基づいて書かれている。他のは客観的な観点からの意見が多く、感情面などに関しては書かれていなかったのに。


つまりこれは、明貴個人の日記なのだろう。

明貴が皇帝のことを想って綴った、日記なのだろう。

おそらく、間違って入れてしまったのではないか。あるいは、どうでも良くなったか。

いや、それでも。これは、読まなくてはならない。

その夜、優蘭は必死になって何冊もの書物を紐解いた。気づいたときには朝日がのぼっていたが、構わない。

これは――それくらいの価値があるものだったから。

ちゃりーん。

これからの仕事に。そして、今現在起きている離縁騒動にも使える情報の山に目を通し。

その情報の価値の大きさに、そしてそれを無料《タダ》で貰い受けたという圧倒的な利益により。

優蘭の中で、銭の音が響いた。

＊

それからというもの。優蘭は帰宅すると明貴から託された書物を、一心不乱に読み続けた。

仕事中は、妃や女官たちから皇帝に関する話を聞き。

家に帰れば、明貴から貰い受けた書物を紐解く。その繰り返し。

全て読み終えたのは、それから一週間後の夜明けである。

眠いまなこをこすりなんとか支度を済ませた優蘭は、裾《すそ》を摑《つか》んで走った。足首が見えるのははしたないとされる貴族社会だが、そうしないとこけてしまう。

それに、焦らなければならない理由があったのだ。――ちょうど、皓月が出ていく姿が見えたからだ。

「皓月様！」

「……え？　優蘭さんっ？」

馬車に乗ろうとしていた皓月が、慌てて駆け寄ってくる。眠いからか、上手に速度を落とすことが間に合わなかった優蘭は、そのまま皓月の胸に飛び込んだ。

さすがというべきか、突っ込んできた優蘭を皓月はいとも容易《たやす》く抱き留める。ただ鼻はぶつけたので、朝から痛みで目が覚めた。

「いたぁ……すみません、間に合わなくて……」

「いえ、わたしのほうこそ……」

「郭《かく》将軍に二回ぶつかったときよりも痛い……」

「……慶木《けいぼく》がどうかしました？」

「いえ、以前ちょっと前を見てなくてぶつかったことがありまして……」

郭慶木という皇帝付きの将軍に秀女選抜の際に絡まれたとき、鼻を二回ぶつけたときのことを思い出した。

鼻をさすりながらなんとなく言えば、にっこり微笑まれる。

「へえ、そうですか……完璧《かんぺき》に確信犯ですねそれは……」

「そうですよね、郭将軍の瞬発力なら避けられますし……」

やっぱりあの野郎、人のことをからかって遊んでいたわね……？

数ヶ月越しに殺意が込み上げる。

いや、今は別にそんなことはどうでも良いのだ。

優蘭は慌てて上を向いた。

「皓月様、出勤時に引き止めてしまい申し訳ありません。一つお願いがあるのですが、よろしいですか？」

「お願い……ですか」

「はい」


「少しで良いのです——陛下とお話しすることはできませんでしょうか？」

祝賀会まで、残り半月ほど。

今日も今日とて、空は澄み渡っていて気持ち良い。清々《すがすが》しいまでの、秋らしい青空だ。

そしてそれは。

優蘭が、明貴から得た利益を還元するために起こす行動に――決戦に。とてもふさわしい、空だった。

間章一　夫、主人に初めて反発す

妻が、朝から皇帝陛下——劉亮《りゅうりょう》に面会したいと言う。

それを出勤前に聞いたとき、珀皓月《はくこうげつ》は終わるのだと思った。

今まで、誰一人として手をつけようとしなかったことが。手をつけられなかったことが。

賢妃《けんひ》——史明貴《しめいき》に関する様々なことが、ようやく終わるのだと。終わらせられるのだと。

優蘭《ゆうらん》の目を見て感じた。

そして、馬車の中で優蘭の計画を聞いたとき、絶対に終わらせられると確信した。

だから、今はそういう、突飛な面会が無理な時期だと分かっていて、優蘭を一緒に連れて行ったのだ。

それが、自分の。否。

寵臣《ちょうしん》夫婦としてのやるべきことだと、そう思ったから。

今日も今日とて、劉亮の周りには普段以上に護衛がいる。

多くの護衛が隠れて遠巻きに見守っているだけなので、一般的な官吏なら気づかないだろう。ましてや優蘭は女性、気づくはずもない。

これから優蘭が話す内容が内容なので、皓月は彼らに目配せをして少しの間離れてもらった。

ただし、執務室の中で護衛をしていた郭慶木《かくけいぼく》の存在には、優蘭も気づいたようだった。一瞬怪訝《けげん》な顔をしてから、しかし直ぐに真顔になる。

そんな彼女は、執務机を挟んだ向こう側にいる劉亮に向けて、起拝《きはい》の礼を取った。

「おはようございます、陛下。この度はお忙しい中お時間を作っていただき、誠にありがとうございます」

「構わぬ。それより、時間がなくてな。手短に要件を申せ」

「はい」

優蘭は起拝の礼を崩さないまま、言った。

「陛下に一つ、確認させていただきたいことがございます。――陛下は何故、私を『後宮妃《きさき》の管理人』に任命されたのでしょう？」

その質問に、劉亮は肘《ひじ》掛けに頬杖《ほおづえ》をつきながら「今更何を」と言わんばかりの表情を浮かべた。

「そのようなこと、今更問う必要があるのか？」

「はい。大事なことですので、確認に伺いました」

「ふむ」

優蘭がわざわざこのようなことを言い出したのに、違和感を覚えたのだろう。劉亮は探りを入れるような目をしつつ、笑う。

「そこまで言うのであれば、答えてやろう。何、簡単だ。そなたが適任だと思ったからだよ」

「……私であれば、後宮の妃様方を幸せにできると、そう思われたのでしょうか」

「ああ。そなたは、知恵もある上に他者の行動を目で観察して、適切な場、適切な時に言葉にすることができよう？　それができるのは、そなたのような商人ではないかと思った。美容や健康に関する知識もあり、商品も知っておるしな」

「ありがとうございます。そのように言っていただけて幸いです」

にこりと、優蘭が笑う。その笑みを維持したまま、彼女は揺さぶりをかけた。

「賢妃様ではできなかったと、伺いました」

賢妃。

その単語を出した瞬間、劉亮の雰囲気が明らかに変わった。

相変わらずと言うべきか、なんと言うべきか。劉亮は、明貴のこととなると冷静さを欠く。その証拠に、彼は幾分低い声で告げた。

「誰からそのような話を聞いた？」

「皓月様からです」

「……皓月、そなた……」

ぴりりと、殺意に似た視線が皓月に向けられた。しかし皓月は、何食わぬ顔をして笑う。

「何か問題でもございましたか？」

「……珀優蘭。何故、皓月からそのような話を聞いた」

皓月に向けられていた視線が、優蘭に向いた。ビリビリと背筋に悪寒が走るほどの殺気を、優蘭はいとも簡単に受け止める。

相変わらず、優蘭は肝が据わっている。

しかし少し置いて、皓月はそれが違っていると感じた。

違う。優蘭さんは——主上に対して怒っているのだ。それも、はらわたが煮えくり返るほど。

明貴のことを想っていながらも、彼女のことを思いやってはいないその行動に。苦しめるだけ苦しめて、それに気づかないでいる劉亮に、心底怒っている。

だから、劉亮ごときの殺気などどうでもいい。そういうことなのだろう。

優蘭は、怒気などおくびにも出さず微笑んだ。

綺麗《きれい》。

皓月は不覚にも、優蘭の表情に目を奪われてしまった。

「賢妃様に関することを、この後宮を管理していく上で知らなければならないと思ったからです。賢妃様は私の前任者なのですから」

「……明貴に関することをほじくり出して、そなた一体何がしたい？」

「何が？　そうですね……一番お聞きしたいのは、陛下が賢妃様をどのように扱われたいのかということです」

「何？」

「鳥のように、大切に大切に籠《かご》の中に閉じ込めて。そのくせ、陛下は賢妃様をお独りになさっておいでです。寄り添おうとなどしてはおられません。――陛下。陛下にとって賢妃様は、なんなのですか？」

そう問われ、劉亮は優蘭を鼻で笑った。

「何、だと？　簡単だ。明貴は――余の妃だ。大切な妃の一人だ」

「……そのお言葉に、嘘偽りはございませんか？」

「ない」

「……左様でございますか」

一連のやり取りを眺めていた皓月は、優蘭の手腕に脱帽した。

すごいですね。質問内容は一つと告げたはずなのに、今のやり取りで三つもの疑問を解消しました。

一つ目は、優蘭の立ち位置。

二つ目が、後宮妃たちに対する今後の方針確認。

そして三つ目が――明貴に対する、劉亮の想い。

今回の面会で確認したかったことを全てまとめて確認できたのは、優蘭の手腕によるものだろう。特に明貴に関することは、劉亮自身も冷静さを欠いていたので割とすんなり話してくれた。

問題は、ここからだ。

皓月は生唾《なまつば》を飲み込み、ぎゅっと拳《こぶし》を握り締めた。

もし、劉亮が優蘭に何かするようなことがあれば――今回ばかりは、黙っていられない。

だって今回の件は、優蘭だけではない。寵臣夫婦二人で出した答えだったから。

優蘭は、言った。


「陛下――賢妃様が、離縁を望まれておいでです」


瞬間。

劉亮が勢い良く立ち上がった。

彼は鬼のような形相で優蘭を睨《にら》みつけると、怒鳴り声を上げる。

「誰だ、そのような世迷言《よまいごと》を抜かしたのは！」

「陛下、違います。……世迷言ではありません」

「なんだと？——ならば、誰かに唆《そそのか》されたか」

「それも、違います。断じて」

「なら、何故明貴が離縁を望む？　あり得ぬ、そのようなことは、絶対に！」

ここまで取り乱している劉亮を、皓月は久しぶりに見た。明貴が流産したとき以来ではないだろうか。

怒りの形相で、劉亮は優蘭のほうにずんずん歩いてくる。

その拳がきつく握り締められているのを見て、皓月は咄嗟《とっさ》に優蘭の腕を引いて彼女を力強く抱き締めた。

ぱしーん！

音がしたのは、その直ぐ後だ。

優蘭の顔目掛けて向けられた拳は——代わりに、皓月のてのひらに当たった。上手《うま》い具合に受け止められたのは、皓月だからだろう。

かなり本気で殴りにかかったらしい。手のひらがじんじんする。

恐怖はない。不敬と取られることを分かっていて発言していた優蘭のほうが、よっぽど怖かったろう。その恐怖を半減させるためなら、盾にでもなんにでもなる。それが、今この場でできる唯一の手助けだった。

皓月が介入したことが、余計に気に食わなかったのだろう。皇帝が叫ぶ。

「そこを退《ど》け、皓月！」

「退きません！」

「なんだと⁉」

「主上がわたしの妻の話を聞いてくださらないのであれば、絶対に退きません！　たとえ主上であっても……いえ、主上だからこそです……！」

「そなた、いつから余の命令が聞けなくなった⁉　なんだ、よもやたぶらかされたか！」

「何を言い出すんですか、さすがにその発言は許容しませんよッッ！」

売り言葉に買い言葉、とはまさしくこのような状況を指すのだろう。

優蘭のことまで持ち出された皓月は、思わず火に油を注ぐようなことを言ってしまった。

劉亮の背後に立ち、止めに入ろうとしていた慶木が「何やっているんだお前」と言わんばかりの目でこちらを見てくる。

仕方ないじゃありませんか……さすがにその暴言は許せませんし。

というより、たぶらかすとはなんだ。夫婦らしい営みなど全くしていないのに、何も知らない人間からそんなことを言われる筋合いはないのだ。

普段の劉亮なら、そこに介入すべきではないだろうと一線を引いていた。そういった分別がつく人だった。

なのに今の劉亮は、それすら分からないくらい激怒している。それは、優蘭の言った言葉がそれほどまでに衝撃だったという証《あかし》だ。

しかし、これでは収拾がつかない。劉亮も、冷静に話を聞ける状況ではないだろう。

自分が介入したせいで事態をややこしくしたと思った皓月は、きゅっと眉《まゆ》を寄せ歯《は》嚙《が》みする。

あのとき、助けに入らなければよかったのでしょうか。でも放っておいたら、優蘭さんは確実に殴られておりましたし……。

そう、思い悩んでいたときだ。

ぶるぶると、腕の中の優蘭が震える。

「……こぉんの、あんぽんたんが……」

ぽつりと呟《つぶや》いた優蘭は。

懐から取り出した書物を。

——勢い良く投げつけた。

その書物は、ちょうど良く慶木に羽交い締めにされていた皇帝の顔面に当たる。ゴッと、ものすごくいい音がした。

打撃を受けた劉亮は、額を押さえてうずくまる。そんな彼の目の前には、優蘭が投げつけた書物が落ちていた。

「な、何をするのだこの暴力女……！」

痛みに打ちひしがれる劉亮。物を投げられたことなど、ましてや書物を投げられたことなどないだろう。その混乱もあいまって、劉亮は心理的打撃を受けていた。

しかしそんなこと気にせず、優蘭は皓月の腕からすり抜けると大声で叫ぶ。

「暴力女で結構です！　ですが、これだけは言わせていただきます――陛下と離縁を望まれているのは、賢妃様ご自身です！　私自身が足を運び、賢妃様に確認を取りました、お疑いになるのであれば調べたらいかがですか⁉」

「な、にっ？」

再び怒りに染まりそうな劉亮に冷や水を浴びせるように、優蘭がさらに大声で叫び。落ちた書物を指差した。

「ですがその前に、その書物をご覧になってからにしてください！」

「は？」

「それは……それは！　賢妃様が書き記した、陛下への想いを綴《つづ》った日記ですッッッ!!」

「……え」

劉亮が、驚愕《きょうがく》する。

しかしそれ以上に、皓月は驚いた。

ぼろぼろ、ぼろぼろ。大粒の涙を流し。

珀優蘭が、泣いていたから。

「どう、して……どうして！　気づいてくださらなかったのですか！　賢妃様の叫びを！　痛みを！　憎しみを、焦りを、恐怖を──絶望を！　どうしてあなた様が、気づいてくださらなかったのですかッッッ!!」

そう泣きながら吼《ほ》える優蘭の表情には、悔しさがにじみ出ていた。

「そこに書かれていることが、事実ではなかったとしても……賢妃様の中では真実で、実際に感じた痛みです。だから、絶対になかったなんて言わせません。……言わせて、たまるものかっ……！」

優蘭はびしりと、劉亮に指を突き付ける。

「その日記の意味が分かるまで……陛下が賢妃様に対するお考えを改めるまで。賢妃様との面会を謝絶いたします！『後宮妃《きさき》の管理人』として、断固として許しません！」

「なっ!?」

「もし賢妃様にお会いになりたいのであれば、私を首にしてからにしてください。ただそのときは、賢妃様との関係修復などできぬものと思っていただけたらと！」

「ちょっ、ま、」

「失礼いたします！」

優蘭はそれだけ言い残すと、大きな音を立てて扉を閉め出ていってしまった。

その場に残されたのは、皓月、劉亮、慶木の三人だけだ。皓月と劉亮が呆然《ぼうぜん》と立ち尽くす中、慶木だけが肩を震わせて笑っている。

「ふ、ふふ……とうとうやったな、お前の妻……」

「……むしろ、この空気の中笑えるあなたの神経のほうがおかしいですよ……」

皓月は久々に、自身の友人に対してドン引きする。すると慶木は、くいっと顎《あご》を使って扉を指し示した。

「ここはどうにかしておくから、行け」

「……慶木……」

「泣いている妻を放っておくと、ろくなことにならんぞ」

信憑性《しんぴょうせい》の高い台詞《せりふ》だ。きっと過去に何かあったのだろう。しかもやらかした側の発言だから、相当こっぴどく怒られた感じだった。

その言葉に呆《あき》れると同時に、皓月は心の底から感謝する。彼とて、優蘭のことが気になっていたからだ。

怒って泣きそうな優蘭さんを見たことはありましたが……本当に泣いたのは、今回が初めてですね。

とにかく、彼女が遠くへ行ってしまう前に捜さねば。

「行ってきます。とりあえず陛下を、どうにか回復させておいてください」

「了解した。朝儀までに使い物になる程度には、なんとかしておく」

慶木らしい言い方に安堵《あんど》しつつも。

皓月は優蘭を捜すべく、外へと駆け出した。


優蘭の居所は、割とすぐに見つかった。護衛の武官たちが教えてくれたからだ。

彼らに定位置に戻るよう伝えつつ、皓月は地面を踏み締める。この時間はまだ出勤時間ではないため、人はさっぱりいなかった。良かったと、そう思う。でなければ、優蘭に声をかける官吏がいたかもしれないから。

皇帝の執務室から少し離れた場所にある倉庫の裏で、優蘭は建物に背中を預け、俯《うつむ》いていた。

「……優蘭さん」

そう声をかければ、目を真っ赤にした優蘭の顔が映った。未《いま》だにしゃくりを上げ、ぽろぽろと涙をこぼしている。涙の跡が痛ましい。

「こ、こ、こうげつ、さまっ……」

「目が真っ赤ですよ。それに、こんなにも泣いて……」

「……お化粧うっかり忘れて、たのですが……今回ばかりは、正解ですね……っ」

こんなときまで冗談を言って笑わせてこようとするが、今は逆効果だった。

指先で涙を拭《ぬぐ》う。そうしたら、ハッとした優蘭がさらに泣き始めた。

「そ、そうだ、こ、皓月さま……も、もうしわけ、ありません……っ！　わ、私の、せいで……こ、うげつさまの、立場が、わる、く……っ」

……こんなときまで、わたしの心配ですか。

皓月以上に、優蘭は自身の立場が悪くなるようなことをした。なのに、まず初めに出てきた言葉がそれだった。

いつだって他人《ひと》のことを心配してばかりの妻を、愛《いと》おしく思うのと同時に——今回ばかりは、腹が立った。

捨て身覚悟で劉亮と対峙《たいじ》した優蘭にも、そんな優蘭を上手に守りきれなかった自分にも。

何もかもに怒りを覚える。

当たり散らそうなどとは思わなかったが、無性に悲しかった。

そんな思いを抱えて優蘭を抱き締めれば、彼女が一瞬身を引く。

しかし、今の優蘭を誰にも見せたくなかった。

こんなにも弱っている彼女を知っているのは、自分だけでいい。

「悪いと思っているのであれば、このままでいてください」

「うっ……は、はい……」

そう意地悪く言えば、優蘭は苦い顔をした後大人しく腕におさまった。

そんな彼女の頭を撫《な》でながら、皓月は呟く。

「というより……謝らなければならないのは、わたしの方です。わたしの要らない行動のせいで、優蘭さんの邪魔をしてしまいました」

「え？　そ、そんなことは！」

「いえ、要らぬ言葉も言ってしまいましたし……まだまだですね。あなたがあんなにも頑張っていたのに、わたしは全然力になれていません」

「た、助けてくださいました……さすがに殴られるのは怖いですし……しかも陛下、前に殴りかかってきた宦官《かんがん》よりも筋肉ありますし、殺気も凄《すご》かったです……」

「まあ、ああ見えて鍛えておいでですからね。まともに殴られたら、骨が折れる可能性もあるかと」

「わあ……」

優蘭が、引きつった笑みを浮かべた。どうやら、骨を折られるのは嫌らしい。

そんな彼女に、皓月は笑った。

「それよりも、わたしは投げた書物が陛下の額に綺麗《きれい》に当たったことに驚きました。優蘭さん、なかなか的確でしたね？」

「うっ……投擲《とうてき》は割と得意でして……じゃなかった、ふ、不敬罪……私の首が物理的に飛ぶのでは……っ？」

「安心してください、大丈夫です。そこはわたしがなんとかします。なんとかできる程度には、権力も立場もあるんですよ？」

「す、すみません……でも……本当に腹が立って……」

先ほどまで落ち着いていた涙が、再びじわりと滲《にじ》む。唇を噛《か》み締めながら、優蘭は声を震わせた。

「賢妃様の想いなど知らないって顔をして……あれで、守っているつもりになっている。それが、心底許せませんでした……っ。あれを見て考えを変えてくださらないのであれば……私は、賢妃様の幸せを最優先させるために、彼女を下賜させます。絶対に……！」

「……優蘭さん」

「このまま後宮にいたら、賢妃様の心は殺されます。他でもない皇帝陛下に、静かに殺されてしまいます。あんなにも深く想っておいでなのに……そんなのって、ない……っ」

あの日記のことを言っているのだろう。皓月も馬車の中で目を通したが、確かにあそこに綴られていた想いは、鮮烈だった。――史明貴らしい、隠すことなど知らない鮮烈な文章だった。

優蘭が言うには、明貴は他にも後宮の情報を書き記した書物を残していたらしい。その情報は多岐に渡るものだったそうだ。

噂話から、信憑性のある悪事の話題まで。

明貴はそれを、事細かに書き記していた。

きっと、他でもない劉亮のために調べたのだろう。愛がなければ続けることなどできないくらい、明貴は長い間放っておかれていた。

皓月も。触れられずにいた。――劉亮の逆鱗《げきりん》に触れるのが、恐ろしかったからだ。

しかし、優蘭はそこに果敢に挑んでいった。それはおそらく、優蘭自身が保身よりも明貴のことを思っているからだ。

本当に本当に、優蘭さんはどうしようもないくらい……『後宮妃の管理人』にふさわしい方ですね。

守ってあげたいと、純粋に思った。彼女がしたいことをできるように、守ってあげたいと。そのためならば、自身が持つ権力の全てを使ってもいいとすら思った。

幼い頃から重たいものだと思っていたし、今のほうがよっぽど深く多く絡みついて邪魔臭いと思っていたが。

彼女を守る盾になるなら、それもいい。

久々に泣いて、涙腺《るいせん》が完全に崩壊してしまったらしい。優蘭が、また泣き始めてしまう。

そんな彼女の頭を優しく撫でながら、皓月は呟《つぶや》く。

「優蘭さん。今回の結論は、あなただけが出したものではありません。わたしも、あなたの意見に賛同しました。……そろそろ、史賢妃に関することを終わらせなければならないと思ったからです」

「……こうげつ、さま」

「むしろ、二年間も放置していたことが情けない限りなのですが……しかし優蘭さんのおかげでようやく、動き出せそうなのです。おそらくここを逃したら、もう一生修復できないでしょう」

「……私も、同意見です」

ぐしぐしと目をこすろうとする優蘭を止め、その目元を手巾《しゅきん》で拭いつつ。皓月は笑った。

「なので、優蘭さん。お願いです。あなたの力を、言葉を。――貸してくださいませんか？」

「……もちろん、です」

「それは良かった。わたしの言葉は、もう陛下には届きませんから……」

二年前を思い出し、皓月は目を細めた。

思えばあの頃、明貴に関してのことで喧嘩《けんか》になった覚えがある。皓月だけでなく、左丞《さじょう》相《しょう》も慶木もいたが……劉亮は結局、誰の意見も聞き入れなかった。

まるで、子供が一番大事にしている玩具《おもちゃ》を取り上げられそうになって、それを必死に守っているようだったと思う。

あの頃、愛していたのは確かに明貴一人だったからだろう。

今でも、その絡みつくような執着は変わらない。むしろ、年々ひどくなっているように思うのは皓月の思い過ごしだろうか。

何がそんなにも拗《こじ》れているのか、皓月にはさっぱり分からなかった。だが、優蘭がその理由を見つけてくれた。

言葉が、足りなかったのだ。

共にいる時間が長かったからなのか、それともお互いの性格の問題なのか、分からないが。問題が分かれば、対処できるかもしれない。

それを解決する可能性を秘めているのが自身の妻なのは、なんの因果なのか。もし神様がいるのなら、おかしな縁を運んできたものだ。

しかし不思議と、心は落ち着いていた。

皓月は肩をすくめる。

「そうですね。もう一、二回、盛大にやってやりましょう。それでも正気に戻らないようでしたら、さすがのわたしも我慢なりません。自領に引っ込みます」

「ええっ⁉」

「なーんて。冗談ですよ」

「皓月様がまさか、そんな冗談を言うなんて……」

「でも安心してください。向こうが本気ならば、こちらも本気でやりますので」

「……ふふ、どっちですか……っ」

優蘭が思わず笑みを浮かべたのを見て、皓月は笑った。

ああ、笑った。優蘭さんにはやっぱり、笑顔が似合います。

この笑顔を、もっとずっと守りたいと思った。そのためには、皓月自身も変わらなければならない。

今回は、そのための前段階だ。

「そのときはもちろん、優蘭さんのことも連れて行きますので、窮屈な思いをさせてしまうかもしれませんね……」

「そうしたら、別の問題が浮上しそうです。ほら私、親類縁者の方々全員にお会いできてませんし……」

「大丈夫ですよ。もしものときは、わたしが静かにさせますので」

「はは、それじゃあ意味がないじゃないですか。私自身でどうにかしますよ？　あと別に、今うやむやになっているだけで今後絶対に問題になることですからね……今のうちにここ ろづもりしておきます……」

「それは頼もしい限りです」

優蘭の軽やかな笑い声を聞きながら。

皓月は一人、未来へと想いを馳《は》せた――

第三章　妻、盛大なる博打を打つ

皇帝に早朝から説教をかました優蘭《ゆうらん》は、どんよりとした気持ちのまま出勤していた。公衆の面前――と言っても三人だけだが――で泣いたというのがまず恥だ。いい歳した大人が何をやっているんだと心の底から思う。しかもその後も涙が止まらずぼろ泣きしてしまい、皓月《こうげつ》にはかなり迷惑をかけた。

それだけでも穴に入りたいくらいなのに、さらには化粧をしてくるのを忘れたときた。皓月が化粧道具を一式持っていなければ、すっぴんのまま出勤する羽目になっていたのだ。何から何まで、本当にもう申し訳ない。迷惑という迷惑をかけている。だが、それら全てを皓月が笑って許してくれるので、結果を残して名誉挽回《ばんかい》しようと決めた。

今日は、大事な人物と会う予定もある。気を引き締めていかねばなるまい。

目元は、皓月様が化粧をしてくれたからなんとかなったけれど……やっぱり、目は赤いわねえ。

扉にはめ込まれた硝子《ガラス》に映る自分の姿を眺め、そっとため息を吐く。

「珍しく、感情的になってしまったわ……」

皇帝を敵に回せばどうなるか。

まあ、確実に死ぬ。

しかし、それと仕事をしないのとはまた別問題だ。追って沙汰《さた》があるだろうが、凡人の優蘭ができるのはいつも通り仕事をして、いつも通りの生活をするだけ。

そのため、少しばかり気落ちしたまま職場に向かったのだが。

「……え。何これ」

中の惨状を見て、落ち込んできた気持ちが彼方《かなた》へと吹っ飛んだ。

――怪我をした五彩宦官《かんがん》が、皇帝派宦官たちに手当を受けていたのだ。

怪我の箇所は様々で、人によっては手、頬、膝《ひざ》と部分的だったが、何故か左半身全てを怪我しているのまでいる。全く状況が分からない。

手当している人員の中には、面倒臭そうに包帯を巻く、健美省《けんびしょう》女官・李梅香《りばいこう》までいた。

どうやら、出勤時に出くわしたようだ。

「おはようございます、長官」

「あ、おはよう」

こんなときまで律儀に挨拶《あいさつ》をしてくる普段通りの梅香に安堵《あんど》しつつ、優蘭は首を傾げる。

「どうしたの、その怪我」

五彩官吏は、膨れっ面のまま沈黙している。どうやら、何かが悔しいらしい。

困った優蘭が肩を竦《すく》めれば、玄曽《げんそう》が楽しそうに笑った。

「はっはっはっ。珀《はく》長官、お手柄ですぞ」

「……はい？……え？　もしかせずとも、警備中に何かあったのです？」

「はい。彼らのおかげで、不審者を捕らえることができました」

その言葉に、優蘭は目を見開いた。


——玄曽曰《いわ》く。

今日の朝方に警備をしていた際、不審者が数名紫薔《ししょう》の宮殿に現れたそうだ。一番気の抜けやすい時間帯にやってくるあたり、完全に手だれである。

紫薔のことはもちろん守れたのだが、しかし全員取り逃しそうになってしまったとか。

そこで登場するのが、五彩宦官である。

彼らは文字通り、全身全霊を以《も》ってそのうちの一人の捕獲に邁進《まいしん》したそうだ。一人が相手の手元を狙って武器を弾《はじ》き、一人が逃げようとする刺客の足にしがみつき、最終的には全員で折り重なり動きを止めたとか。取り押さえた刺客が舌を嚙《か》んで死のうとしたら、口に手を突っ込んでまで止めたらしい。

結果、刺客は無事確保。今は刑部に引き渡され、尋問を受けていると玄曽は言った。

「なかなか、見どころがある若者たちですなあ」

とは、玄曽の言である。

しかしそれにしても。

貴妃《きひ》への刺客ね……。

しかも時期が時期なだけあり、優蘭の脳裏に明貴《めいき》が流産した原因となった一件が浮かんだ。同時に、思う。

賢妃《けんひ》様のときの敵が、未《いま》だに後宮内にひそんでるっていうこと……？

事故として処理された一件だ。その可能性は高い。

そのことに、一瞬苦々しいものを感じつつも。今はそれを表に出すべきではなかった。

なので優蘭は気持ちを切り替え、宦官たちへ向き直る。そして誰から見ても素晴らしい功績に、感嘆の声を上げた。

「なるほど。じゃああなたたちの怪我は、成果を残した結果なわけね。良かったじゃない」

「良いわけあるか！」

「そうだそうだ！　あちこちに打撲だぞ!?」

「俺なんか、手に歯形だぜ!?」

「俺は捕まえようとしたら引きずられて、左半面の擦過傷がひどい！」

「僕は！　池に落ちた！　凍死するわ!!」

「……はぁ？　あんたたち、長官に対してどういう口の利き方してんの？」

『ひぃ、すみませんっ』

「まあまあ、落ち着いて梅香……」

さすが梅香、厳格。

ガンを飛ばす梅香を宥《なだ》めていたら、彼女がふんっと鼻を鳴らした。

「というより、その刺客を気絶させたのはわたしなんだけど？　その辺り、忘れてないかしらあんたたち」

「あ、そうなのね」

「そうですよ、長官。仕事してるのか気になって見に行ってみたら、相手を気絶させることができずに格闘していたんです。……全く、男なんだから、人の一人や二人、沈められるようになりなさいよ……」

「理不尽!?」

「はあ？」

「ひぃいっ」

「まぁまぁ……」

それにね、梅香。それはちょっと無理だと思う。

武術に精通している皓月や梅香ならいざ知らず、一般的な官吏や宦官には男一人を沈められるだけの術《すべ》は、絶対に持ち合わせていない。優蘭とて、沈めるなら金的を狙うくらいしか思いつかない。

しかし、梅香も偉かったのは事実なので褒めておいた。彼女は何も言わずそっぽを向いていたが、その耳が赤かったことを優蘭は見逃さない。

なんだろう、猫っぽいのよねえ、梅香。

そんな梅香に脅されない程度に、五彩宦官がぶつくさと愚痴を言っている。優蘭は思わず、笑ってしまった。

なんだ、ちゃんと仕事してるじゃない。

てっきり、仕事をやらないでどこかで暇を潰《つぶ》しているのかと思っていた。

もしかしたら、皇帝派宦官たちに監視されて仕方なくやっていたのかもしれない。でも、彼らの行動はそれ以上にやる気がなければできないことだ。少なくとも優蘭は、そう思う。

部屋に常備している木簡を手に取った優蘭は、そこにさらさらと書き綴《つづ》った。合計五枚。

それを、一人一人に渡していく。

「はい、これ。特別手当と、成果報酬」

「……は、え？」

「……似たような顔してこっち見るの、やめてもらって良いかしら」

なんだその、「え、何言ってんのこいつ」みたいな顔は。

どうやら五彩宦官的には、優蘭の言っていることが信じられないらしい。もらった木簡と優蘭の顔を、交互に見ている。

腕を組みながら、優蘭は笑った。

「臨時収入よ、嬉《うれ》しくないの？」

「え。い、や……」

「そりゃあ、嬉しいですけど……」

「……罠《わな》とかじゃない……ですよね？」

梅香の眼力を恐れてか、辿々《たどたど》しい敬語を使いながら彼らが言う。その様がおかしくておかしくて、優蘭は腹がよじれそうになった。笑いをなんとか堪《こら》えたが、お腹が痛くなってくる。

「要らないなら、私がもらうけど」

「それは嫌だ！」

「なら、素直にもらっておきなさい。——だってあなたたち、それくらいの働きをしたんだから。もらって当然よ」

「もらって、当然……」

「ええ」

この世は全て金で回っている。優蘭はそう思っている。仕事をするにも、何かを買うにも、売るにも、州境を渡るにも、国境を渡るにも。全てに金が付き纏《まと》う。金銭というのは、価値を表す上で分かりやすい指標だからだ。

優蘭は、金銭でのやり取りが好きだ。簡潔で単純に他者を評価できるのだ、こんなにも分かりやすいものはないだろう。

だから今回も、その功績に見合った対価を渡した。それだけである。

彼らが望んでいるであろう、陛下への口添えは、今ちょっとできなさそうだけどね！ 言ったら怒られそうなので、黙っておく。

「お疲れ様、よく頑張りました」

「……よく……頑張った……」

ぼんやりとした様子で、彼らは顔を見合わせる。挙動不審すぎる態度に、優蘭は肩を竦めた。

まるで、褒めてもらったことがない子どもみたいね？

まあ、この印象はさすがに言い過ぎだろう。さすがに、褒めてもらったことがないということはないはずだ。おそらく、褒められ慣れていないだけなのだと思う。

しかし頑張ったのは事実なので、優蘭は首を傾けながら言った。

「ええ、頑張ったでしょう？　怪我もしているのだし、今日はもう休んでいいわ」

しかし彼らは何故か、すぐに喜ばなかった。出会った当初は、休みを楽しみにしていたようだったのに。

五彩宦官は、ぼそぼそと呟《つぶや》く。

「……あの、……珀、長官」

「ん、どうしたの？」

「……怪我をしているから、今日は貴妃様周辺の監視はやらないけど……」

「そ、の。……雑務くらいなら、やります」

「うん、それくらいなら、できるしな」

「……何したらいいですか？」

……何か心変わりするようなことでもあったかしら？

そんなにも、刺客を捕獲したことが胸に染みたのだろうか。不思議だ。もしかしたら、割と怖かったのでもうやりたくないのかもしれない。

しかしわざわざ言うようなことでもないので、優蘭はこくりと頷《うなず》いた。

「じゃあ朱睿《しゅえい》。あなたはこれを、桂英《けいえい》様に届けて。全身打撲してるんだから、道中気をつけるのよ」

「は、はい」

「で、黄明《こうめい》。あなたは木簡の補充。体半分怪我してるのだから、無理せず少しずつ運んで」

「了解です」

「悠青《ゆうせい》は、この部屋の掃除。隅から隅まで磨いて」

「えー」

「顔腫《は》れてるの、周りに見られたくないでしょ？」

「うぐ……分かりました……掃除道具取ってきます……」

まず三人に仕事を伝え、送り出す。

残り二人だ。

「緑規《りょくき》は、梅香の補佐をして頂戴《ちょうだい》。梅香、今日は内食司女官長に会って祝賀会の食事内容を決めるの。味見をたくさんすると思うから、後で味の感想をまとめて提出すること」

「え、やったー！」

「……チッ」

「ひぃっ」

「……緑規は、刺客の口に手を突っ込んで自害を止めた一番の功労者なんだから、梅香もいじめるのはほどほどにすること」

「……分かり、ました」

そう言っておきながら、梅香はキッと目を吊《つ》り上げて叫ぶ。

「ほら、行くわよ！」

そう言われながら出て行った緑規の顔は少しどんよりしていたので、まあ他の宦官《かんがん》たちと比べて褒美が多すぎるということもなくなっただろう。

梅香と一緒っていうだけで、五彩宦官どんどん縮んでいくからねえ……。

そんなことを思いながら、優蘭は最後の一人と向き合った。

「で、だ。黒呂。あなたは、この部屋で私と一緒に情報整理。この書物片っ端から開いて、私が欲しい情報を別の紙に書き記すこと。それが仕事よ」

「あ、はい」

「今日は特に寒いし火鉢多めにしておくけど、寒くなってきたら言いなさい？」

「……え」

「この忙しい時期に、風邪引いてもらっちゃ困るのよ。いい？」

「……はいっ！」

全員に仕事を割り振った優蘭は、少しだけ笑う。

「さてと。お仕事、始めますか」

＊

その日の午後、優蘭は黒呂に仕事を言いつけたままとある人物の元へ足を運んでいた。

場所は珊瑚殿《さんごでん》。内官司女官たちの仕事場である。敵の本拠地とでも言ったらいいだろうか。優蘭が後宮入りした当初、放り込まれた場所だ。

しかし今はどうだろう。当時はとにかく、居心地が悪かった。すれ違えば、笑顔で頭を下げてくるくらいには友好的な女官たちばかりになっていた。以前のような刺々《とげとげ》しい雰囲気は、もともとなかったかのように消え去っている。

あの頃は、あんなにも敵対視されていたのにね～。

さらに言うなら、建物内部の雰囲気もなんとなく変わった気がする。以前は、廊下にごてごてとした派手な壺《つぼ》や、大振りの花を生けた金色の花瓶などが置いてあった。そのくせして、掃除は雑だったと思う。

しかしそれらは全て撤去され、以前とは比べ物にならないくらい内部が綺麗《きれい》になっていた。

大変革ね。

そして、その変革を起こした人物が、優蘭が今日会う約束をしていた人物――新たなる内官司《ないかんし》女官長・張雀曦《ちょうじゃくぎ》だった。

優蘭を温かく迎え入れてくれた雀曦は、どことなくおっとりとした雰囲気の朗らかな女性だった。年齢は二十代前半くらい。少なくとも、優蘭よりは若い。もちろん後宮にいるからには美人は美人なのだが、それよりも愛嬌《あいきょう》がある。

笑うとえくぼができ、それがとても魅力的だった。

髪を緩くまとめ、紅梅色の女官服を身にまとった雀曦は、焦げ茶の瞳《ひとみ》を細めて微笑む。

「ようこそいらっしゃいました、珀長官」

「いえ。こちらこそ、お忙しい中時間を取っていただきありがとうございます。それと……改めまして、ご就任おめでとうございます」

「ふふふ、ありがとうございます」

柔らかい動作とともに、雀曦は笑った。

しかし彼女はこう見えて、内官司女官長を決めるための試験を全問正解した猛者《もさ》だ。

勤務態度も良好で、さらに言うなら、前内官司女官長である錦文《きんぶん》に目をつけられた女官たちを、彼女が守っていたらしい。梅香から聞いたのだ。

裏取りもしたが、彼女に守ってもらった女官たちはたくさんいた。派閥は中立派で貴族の出ではない下級官吏の娘だったが、正直そんなものどうでもいい。

必要なのは、内官司女官長として内官司をまとめることができるだけの実力があるかどうか。そして、それにふさわしい知識を持ち合わせているかどうかだ。

雀曦は、そのどちらにも当てはまる。

そう感じたからこそ、優蘭は雀曦を内官司女官長に推そうと決めたのだ。

雀曦は、自らお茶の準備を進める。緑茶の澄んだ香りが、部屋にゆっくりと広がる。火鉢がパチパチと鳴る音と、雀曦がお茶を淹《い》れる音。そして、流れるような動作で茶を淹れる雀曦。

まるで、一枚の絵のようだった。

優蘭の前に茶杯を置いた雀曦は、ふわりと笑う。

「それで……この度は、どのようなご用件でしょう？　文には『会ってお話がしたい』と書かれておりましたので、何か重要なことだと、お見受けしたのですが……」

さすがと言うべきか、聡《さと》い。そして、錦文よりよっぽど女官長に向いているとも思った。

そのことになんだか嬉しくなりながら、優蘭は一度ゆっくりと瞬いた。

優蘭の目的は、ただ一つ。

――明貴の本音を引き出すことだ。

そのためには、雀曦の存在が必要不可欠だった。

「……今回の祝賀会を開催するにあたって、私、色々と調べました。そうしたら、ある情報を得ることができたのです」

「……なんでしょう？」

「はい。――雀曦様と賢妃様、ご友人だそうですね？」

雀曦の瞳が揺れた。優蘭はそれを見逃さない。

「……そのようなお話、聞いたこともありませんが……」

「隠しても無駄です。お二人がこっそり会って親睦《しんぼく》を深めていたのも、雀曦様の知識が賢妃様からご教授されたものなのも、知っておりますから」

はったりだった。少なくとも、優蘭のもとにそのような情報は入ってきていない。

しかし明貴が持っていた情報を眺めていたら、それくらいの推測はできた。雀曦に関する記述が、他のものと比べて量も客観性も偏っていたからだ。

あとは、そこから逆算して理由付けをしていく。

何故、下級官吏の娘である雀曦の知識量が並外れているのか。

何故、明貴の書物に雀曦の記述が多いのか。

理由は単純明快。

仲が、良かったからだ。

あとは、揺さぶりをかけるだけ。使う単語を吟味すれば、それっぽく、割と簡単に本当のような嘘がつけるというわけである。

それでも白旗を上げない雀曦に、優蘭はとっておきを出す。

「……ご友人ならば、ご存じでしょう？　今、賢妃様がどのようなことをお考えなのか」

「……っ」

「もしご存じなのでしたら……雀曦様としても、賢妃様を止めに入りたいのではないでしようか」

　少しの間、場が静寂で満ちた。

　緑茶から立ちのぼる湯気が、ゆらりゆらりとくゆる。

「……やはり、敵《かな》いませんね」

　先に静寂を破ったのは、雀曦だった。

　彼女は困ったように、悲しそうに笑うと頷く。

「はい。珀長官のおっしゃるとおり、わたしは賢妃様と、親しくさせていただいていました。ですから……賢妃様がここから出ていかれようとしていることも、知っています」

「やはり、賢妃様はあなたにはご相談されていたのですね」

「そうですね。あまり、ご自身の本音を打ち明けるような方ではありませんが……ずっと、陛下を想っていらっしゃるということは、知っていました」

　ぴくりと、優蘭の眉《まゆ》が震える。

　ゆっくりと、優蘭は言葉を重ねた。

「……それは、今もでしょうか？」

　雀曦は頷いた。

「今もだと、思います」

「……二年も放置されているのに？」

「そう……ですね。その疑問は、もっともだと思います。ですが……わたしは、あの方が抱える想いはずっと本物だったと、そう思っているのです。具体的にどういう証拠があるのかと言われたら、その……微妙なのですが……」

「いえ、雀曦様からそのお言葉が聞けただけで、私としましては十分です」

そう。その言葉が引き出せただけでも、今回の面会には価値があった。

目の前でずっと賢妃様を見てきた人がそういうのなら、まだ仲を修復することはできるかもしれない。

今回明貴と皇帝の仲を繋《つな》ぎ合わせる過程で、一番不安だったのは『明貴がもう皇帝を想っていない可能性があること』だった。

想っていなければ、仲を修復する以前の問題だ。壊れた後の物が修復できないのと同じように、優蘭如きではどうにもできない。

しかし、お互いがお互いを想い合い、言葉もなく気遣い合い、その末の勘違いすれ違いだったのであれば。

まだ、なんとかなる。

死ぬほど面倒臭いが、優蘭が死ぬ気でなんとかする。

ほんっとうに、死ぬほど面倒臭いけどね!!　この忙しい時期に、とにかく問題事ばかりを浮上させやがって……いい加減にしろあのポンコツ皇帝……！

こみ上げてきそうになる怒りをなんとか鎮め、優蘭は口を開いた。

「今朝、ちょっと色々あって陛下に突撃しましたが、陛下も賢妃様を想っておいででした」

「……そうなの、です、か？」

「はい。うっかり殴られかけて、危うかったです。下手に進言など、するものではありませんね」

「え？……………えっ？」

「ふふふ」

適当に笑って誤魔化したが、恐れ慄《おのの》かれた。

そんな、無謀な人間を見るような目で見ないで欲しい。

致し方なく……致し方なく、やっただけだから……！

こほんと咳払《せきばら》いをし、何食わぬ顔をして話を続ける。

「私としましては、お互いに想い合っているお二人を、引き裂きたくはございません」

「は、はい……」

「ですが……現段階では、お互いに離れて暮らしたほうが幸せに暮らせそうな状況に陥っております」

「……そう、ですね。ですから、賢妃様は自ら身を引くことにされたのだと、思います。……ご自身がこれ以上いても、陛下の邪魔にしかならないと。そう、感じたのかなと」

「……もしそうなのだとしたら、誰も救われません。私は、それが嫌なのです」

「……珀長官……」

目を伏せ、自嘲《じちょう》する。

いつだって、無力な自分は嫌いだ。それは幼かったあの日、痛いくらいに感じた。

――一商人の娘に、とても優しくしてくれた、異国のあの令嬢。

幼い頃の優蘭にこっそりと、甘いお菓子をたくさんくれて。たくさんたくさん、他愛のない話をしてくれた。

迷路のように広い庭で、遊んだこともある。

彼女はいつだって、優しく朗らかに笑っていた。

なのに。

美容に良いと言われ、その令嬢は薬と偽った諸刃《もろは》の剣を飲み続けていた。

以前、皓月につまらない昔話として聞かせた、砒素《ひそ》を幼少期から飲み続けていた令嬢だ。

あのときの記憶が今でもこびりついているのは、優蘭が彼女のことを知っていたからだ。

そんなつもりは、なかったのに。

殺す気なんて、これっぽっちもなかったのに。純粋な善意だったのに。

友人を殺してしまい自殺した彼女を、周囲は『可哀想な令嬢』としてではなく、『令嬢殺しの女殺人鬼』として貶《おとし》めた――

苦々しい思い出が脳裏をよぎり、優蘭はギュッと唇を噛《か》む。

落ち着け、あの日とは違う。まだ、私にもなんとかできる。知識がある。そのために、いろいろ学んできたんじゃない。

しかし皇帝と明貴の関係を修復するには、二人の中の勘違いとすれ違いをそれとなく修正する必要があった。

何故それとなくなのかというと、まあ朝方の皇帝を思い出してくれたら分かるのではないだろうか。

話を、冷静に聞いていただける感じじゃないのよね……。

だから、話を聞いてもらうのではなく、自分たちから自覚してもらう必要があるのだ。

「一つ、質問なのですが。雀曦様の目から見て、賢妃様はどのような方ですか？　私の見立てでは……自分のことをあまり語りたがらない上に、自分の意見をてこでも曲げない割と頑固なところがあるように思うのですが……」

「……さすがですね、珀長官。おっしゃる通りです」

「ああ……やはり……」

「と言いますか……賢妃様の場合は、意見を曲げられるほどの柔軟性がないのと……もともと、不器用なのだと思います。後、陛下との問題に関しましては、凝り固まった時間が長すぎたと言いますか……」

「そうですよね……」

雀曦の言わんとすることは、優蘭にもよく分かった。

この際だからはっきり言おう。

大体全部、皇帝が悪い。

というか本当に、二年間も手を出さなかったとか……え、なんなの？　こじらせ純情少年なの？　こじらせた人間ほど、面倒臭いものはないのよっ？　勘弁してよ……!?

さらに言うなら、こじらせた権力者はさらに面倒臭い。権力を行使し始めるからだ。

山ほどある問題に頭を抱えたが、皇帝に意見提示をしに行った朝の段階で、ある程度の筋道は立てていた。

なので、雀曦に協力を要請する。

「一応、賢妃様の考えを軟化させる方法は考えております。なので……雀曦様、少しお力添え願えませんか？」

「……わたしなどにできること、なのでしょうか？」

不安そうな顔をするおっとり美女に、優蘭は力強く答えた。

「雀曦様だけにしか、できません」

「……わたしだけに、しか……」

「はい」

瞬間。

ほんの、一瞬。

ほんの一瞬だったが。

雀曦の瞳《ひとみ》に、ほの暗い何かが映った――気がした。

しかし優蘭が瞬《まばた》きをすれば、先ほどと変わらぬ雀曦の穏やかな笑みが見える。

……見間違い……？

その疑問への答えを導く前に、雀曦がこくりと頷《うなず》いた。

「分かり、ました。やらせていただきます」

「……良いのですか？　私はまだ、どのようなことをしていただくのか言ってないのですが」

内容を聞いてからでも問題ないよ、と暗に告げたが、雀曦は穏やかに笑って首を横に振る。

「前女官長がいた際、わたし……いえ、内官司そのものが、珀長官に多大なるご迷惑をおかけしました」

「……それは、前女官長のせいであなたの咎《とが》ではないと思います」

「ありがとうございます。お優しいのですね。ですが……わたし、あのときの行為が本当に情けなくて、情けなくて……未《いま》だに、自分自身を許せていないのです」

「……雀曦様……」

冷め切った緑茶を口に含んでから、雀曦は目を伏せる。

「わたしには、あなた様をこっそり助けることも、支援することもできませんでした。……さすがに、怖かったのです。わたしが以前助けた女官と違い、錦文様は本気で珀長官のことを貶めようとしていました」

「それは……仕方のないことですし。そこまで他者に気を配ってやる必要など、ないと思いますよ」

もし全ての人間に対して手を差し伸べていたら、自分がどんどんすり減ってしまう。できなくて当たり前だ。

しかし、雀曦は首を横に振る。

どうやら、それほどまでに自分のことが許せないようだった。

理由は分からないが、なんだかんだで彼女も、割と頑固なようである。

雰囲気は全然違うけれど、賢妃様と似た者同士だったから気が合ったのかしら。

「……雀曦様もなかなか強情ですねぇ。そういうところが、賢妃様と似ていらっしゃる気がします」

「……え、わ、わたしが、賢妃様に似て、いる……？　そ、そそそ、そんな恐れ多いことはないかと!?」

今まであんなにもおっとりとしていた雀曦が、ここにきて初めて動揺した。その動揺っぷりにおや？　と思う。

その動揺を隠すためなのか、雀曦は両手と首を横にぶんぶん振る。

「そ、それに、賢妃様とは友人というより、師弟のような関係ですので……わたしの方が一方的に、なついているだけなのです……そ、の。……実の姉に、とても良く似ていたので」

だんだんと動作が小さくなっていき、最後にぽつりとそう呟《つぶや》く。

しかし瞬時に我に返った雀曦は、誤魔化すように早口で言った。

「こ、こんなことでは以前内官司女官たちがあなた様に行なったことへの、罪滅ぼしになどなりませんが。せ、誠心誠意、やらせていただきます」

「……分かりました。では、雀曦様の役割に関してお話しいたします」

そう前置き、話をすれば、雀曦はものすごく驚いた顔をしていた。

「あ、の。わたし如きが意見するのは、大変差し出がましいように思うのですが……」

「いえいえ、悪いところがあれば直したいので、是非ともおっしゃってください」

「ああ、ありがとうございます。……その。この作戦、なかなか無謀では？」

「ああ、そうですね。確かに」

「確かにっ？」

さすがの優蘭とて、まるっと上手《うま》くいくなどと考えてはいない。

最近、無謀な作戦ばかり考えているので、何が無謀ではないのか分からなくなってきている気はするしね……。

「ただ、これくらいの荒療法でいかねば、賢妃様のお心を揺さぶることはできないと思ったのです」

「う……それは、確かに……ですがこれ、わたし以外の方々にも協力してもらわねばできない気がするのですが、大丈夫なのですか？」

「大丈夫です。なんとかできます。というより、なんとかしますので！」

「……珀長官は割と、大胆な方ですね……？」

いいのよいいのよ。部下にも散々「やり方が雑」って言われてるから、そんなに優しい言葉に言い換えなくてもいいのよ……！

根が優しいのだなと涙が出そうになる。本当に、良い人が内官司女官長になったものだ。自分の審美眼に称賛を送りたい。

そんなどうでも良いことを考えつつも話し合いを終えた優蘭は、いつもの定例茶会に参加すべく後宮内を駆け抜けた。

祝賀会開催まで、残り一ヶ月。

――作戦決行まで、残り一週間。

＊

作戦決行日当日。

晴れ渡る空の下、完璧《かんぺき》に整えられた会場を見て、優蘭は内心喜びに打ち震えた。

「もういやだ、何これ。我ながら完璧。最高！　これを企画した私、天才ではっ？」

「……あの長官。疲労のせいで、だいぶ精神がおかしくなっていませんか？」

一緒に会場設営を手伝ってくれていた梅香が、横から冷静なツッコミを入れてくる。以前ほど騒がなくなっているあたり、歴戦の戦士を思わせる風格が漂っている気がした。

まあ単純に、優蘭の無茶振りに慣れたのか諦《あきら》めたのかの二択だろうが。

というより、疲労困憊《こんぱい》していることが分かっているなら、もう少し優しく労《いたわ》ってくれないだろうか。

これくらい気分を上げていかないと、胃が痛くてやってけないのよ……！

本当なら、祝賀会の準備中にこんなわけの分からない、博打《ばくち》以外の何ものでもないことなどしたくないのだ。その辺り、分かって欲しい。

ふう、とため息を吐いてから、優蘭は梅香のほうに向き直った。

「とりあえず梅香。祝賀会のほうはお願いね」

「承りました。五彩宦官《あいつら》はこき使っても良いですか？」

「まあ、怪我が治ってそうなのであればビシバシ使ってもらって構わないけど」

「……なるほど、怪我が治っていたならば良いのですね？　了解しました」

満面の笑みを浮かべて返事をした梅香が意気揚々と立ち去るのを見送りながら、優蘭は苦笑する。

あ、こき使う気満々だなこれ？

しかし、五彩宦官がここに入ってきた当初、梅香はかけらたりとも彼らを信用していなかった。それはそうだろう、あんな阿呆《あほう》なことをした人間を、梅香が許すわけもない。初めのうちは脅しまくっていたし、仕事をちゃんとやっているのか定期的に見に行っていた。優蘭が、そこまで手が回らないことを知っていたからだ。

しかし今では、ため息を吐きながらも仕事を回しているようだった。

梅香はああ見えて、公私混同は極力しないからね。

梅香という女官は、しっかりとした線引きをして相手を見ることができる少女だ。なので評価することとかはするし、しないときはしない。さらに言うなら、評価しない相手に仕事を回したりなど絶対にしない。

そう考えれば、今の態度はなかなか軟化してきたのではないだろうか。

まあ張本人たちからしてみたら、勘弁して欲しいところだろうけど。

そう思いながら、優蘭は深く息を吸う。

「今回の作戦が吉と出るか凶と出るか、全く予想がつかないわ。……ほんと、博打もいいところね」

上手《うま》くいけば最高の結果が待っているが、誰かがぶち壊せば地獄のような展開になる。

皇帝に説教をしてから一週間経ったが、皓月の努力の甲斐《かい》あってか呼び出されてはいなかった。が、失敗すれば確実に呼ばれる。背筋が冷える。

さらに言うなら、皓月にも死ぬほど迷惑がかかる。

今も忙《せわ》しなく働いている彼の負担を、どうにかして取り除かねばならない。

これが成功すれば、その全てが解決できるのだ。

と言っても、優蘭がやるべきことは全て終わらせていた。舞台作りに人員集め。今回も今回とて、全力の裏方業務である。なので、これ以上じたばたしても労力の無駄だ。

そんな優蘭がこれから先できることといえば、彼女たちを信じて託すことだけ。

それがどうしようもないくらい楽しいから、博打に近い策を打つのをやめられないのだと言ったら、奇怪なものを見る目で見られそうだ。

だから優蘭は、湧き上がるような楽しさをぎゅっと胸に押し込んで笑みだけを浮かべる。

いつも通りの、他所《よそ》行き笑顔を。

「さぁて。――演劇の始まりね」

そう。これは盛大なる、役者任せの大演劇。

＊

史《し》明貴は、その日珍しく外に出ていた。

理由は、友人である張雀曦が「お天気もいいですし、散策に行きませんか？」と誘ってくれたからだ。彼女は昔からそうやって、部屋に引きこもって書物を読んでばかりいる明貴を、外に連れ出していた。だから、誘いに乗ったのである。

それに、気になっていることもあった。

……陛下への想いを綴《つづ》った、日記。あれが、どこにも見当たらないのですよね。

考えられるとすれば、誰かが明貴の部屋に侵入し持ち出したか、優蘭に書物一式を渡した際、混ざってしまったかだ。

正直、あんなもの他人《ひと》に見せたくはない。

過去の。

今となっては薄れゆくものなど、誰にも見せたくないし。誰にも触って欲しくなかった。

……もう、陛下への想いなどこれっぽっちもないの、ですから。

ついでにそれを、優蘭に聞ければと。

そう思い、その日は本当になんとなく、外出しただけだったのだ。

――その行き先に〝彼女たち〟がいることを知っていたら、外出などしなかったのに。

後宮内・玻璃《はり》庭園《ていえん》。

そこは、四大華祭事の一つに使われる硝子《ガラス》庭園と同じく、硝子張りの建物の中に作られた庭園だ。一般的には温室と呼ばれ、内部はとても温かい。

硝子庭園同様、中には美しい花たちが咲き乱れていた。

久しぶりに来てみたが、悪くないと思う。

昔はよく、この温室に入り浸り植物の絵を描いていたものだ。珍しい種類のものもあったので、記録を取るために描いていた。

そんな懐かしい思い出が蘇《よみがえ》る。

そんな、温かい場所で。

「あら。ご機嫌よう、史賢妃」

明貴は、今最も会いたくない女性と相まみえていた。

貴妃・姚《よう》紫薔。

皇帝の寵妃《ちょうひ》であり、妊娠をし周囲から当たり前のようにもてはやされている妃《きさき》だ。

それだけでも、胸を掻《か》き毟《むし》りたくなるほどの苛立《いらだ》ちを覚えるのに。

その場にはなんと、紫薔以外にも二人の妃がいた。

「ご機嫌よう、史賢妃」

「……ご機嫌よう」

淑妃《しゅくひ》・綜鈴春《そうりんしゅん》。

徳妃《とくひ》・郭静華《かくじょうか》。

今現在、後宮内で最も華やいでいる妃たちが、一堂に会していたのだ。

後宮に長いことといた明貴には、そのことの恐ろしさがよく分かる。

妃、ましてや別派閥の妃たちがこうして茶会を開くことなど、滅多にない。ましてやそれが四夫人たちともなれば、絶対にあり得ないだろう。

だらだらと背中に嫌な汗が伝うのを感じつつも。明貴は口を開いた。

「ご機嫌よう、皆様。……こちらでお茶会ですか？」

「ええ、そうなの。玻璃庭園ならば温かいし、ちょうど良いかと思って。ここは開放的だから、気持ちも晴れやかになるわね」

そう朗らかに笑う紫薔の腹が膨らんでいるのが目に入り、明貴の心にどす黒い感情が広がっていく。

妬《ねた》ましい。嫉《ねた》ましい。

そんな明貴の心情などつゆ知らず、鈴春が軽やかに笑った。

「お菓子もたくさん用意してあるんです。宜《よろ》しければ、史賢妃もご一緒にいかがですか？」

純粋に、明貴のことを誘っている。それが分かるくらいには、鈴春は純真だった。にこにこと笑う姿は可愛らしい。

しかしその純真さが、今の明貴には眩《まぶ》しすぎた。思わず顔を逸《そ》らしてしまう。

「……いえ、わたしは……」

すると、静華が片眉《かたまゆ》を釣り上げた。

「あらあら。相変わらず、付き合いの悪い方ですこと。あなた、それでも四夫人の一人？」

静華は明貴を煽《あお》るためか、わざと癪《しゃく》に触る言い方をする。むっとしたが、今はそれよりもこの場から早く逃げ出したかった。

でないと、どうにかなってしまう。おかしくなってしまう。

狂って、しまう。

――妬ましい。嫉ましい。

ぐんぐん膨れ上がる感情に抗《あらが》うべく、必死になっていたからだろうか。明貴はすっかり忘れていた。

その場には、自分の友人がいたことを。

「なら、張女官長はいかが？」

紫薔のその言葉で、明貴は一瞬我に返った。

思ってもみなかったであろうお誘いに、雀曦は明らかに動揺している。

「え、あ……わたしは……」

「わたくし、あなたが就任してからずっと気になっていたのよ。是非とも、色々なお話が聞きたいわ」

「……あ……」

「……だめかしら？」

そもそも、紫薔からの申し出を雀曦が断れるわけもない。

そして雀曦が参加するのなら、明貴もいなければならないだろう。友人を一人にしておくことなどできない。

苦虫を嚙《か》み潰《つぶ》したような心地の中、明貴はゆっくり口を開く。

からからの喉《のど》からは、かすれた声が漏れた。

「……わたしも、参加してよろしいでしょうか？」

聞き取りづらかったであろうその声を、しかし紫薔は嫌な顔一つせず拾う。

「あら、史賢妃も参加してくださるのね。嬉《うれ》しいわ」

その笑顔があまりにも美しくて。

明貴はぎゅっと、唇を噛み締めた。


四夫人と、内官司《ないかんし》女官長の茶会。

普通に考えれば、それがどれほど異色なことか分かるだろう。一触即発してもおかしくはない。

そうなれば、絶対に誰かしらが出ていく。そのときにでも一緒に下がれば、角が立たず立ち去れる。明貴はそう思っていた。

なのに。

近年稀《まれ》に見る異色の茶会は、驚くぐらい穏やかに進んでいた。

玻璃庭園に、後宮の美女たちの楽しそうな笑い声が響いていた。それも、一度ではない。

ほぼずっと。

紫薔、鈴春、静華。

三人はそれぞれ代わる代わる話の中心になり、場を盛り上げていた。

ぼんやりとそのやり取りだけを眺めていた明貴は、そっと目を伏せる。

――わたしは何故、ここにいるのでしょう。

明らかに場違いだった。明貴には、場を盛り立てるような話術もない。目を惹《ひ》くような美貌《びぼう》もない、愛嬌《あいきょう》もなければ、上手に笑うこともできない。

唯一この場にふさわしいものがあるとしたら、それは〝賢妃〟という位だけだった。

やはり、こんな場所に残るべきではなかった。

以前気にかけていたことがある鈴春の愛らしさにさえ、明貴は嫉妬《しっと》を覚えた。

昔はあんなにも憔悴《しょうすい》していたのに……これも、珀夫人のお陰なのかしら。

明貴は鈴春が後宮入りを果たしてから、その精神面が安定しないことにハラハラし何度か顔を合わせていたことがあった。

といっても、何をするわけでもない。何ができるわけでもない。ただ、気にかけていただけ。周囲はその様子を見て「仲が良い」と噂していたようだが、鈴春の今の様子を見ても、二人の関係は他人以上、友人未満といったところだろう。

明貴は内心自嘲《じちょう》した。

それはそうよね。だって綜淑妃は昔から、とても可愛らしい方だったもの。

だから、あのときの彼女に共感して話しかけてしまったのも。気にかけてしまったのも。

そもそも、全て間違いだったのだ。

今すぐこの場から消え去りたい思いを抱えながら、明貴はぎゅっと唇を噛む。

そうしていなければ、口から呪詛《じゅそ》がこぼれ落ちてしまいそうだった。

——なんでなのどうしてなのねえどうして。どうして、わたしは、あなたたちと同じように。よう、に。

——どう、して。

そしたら、話題の中心は今最も聞きたくない人物——皇帝・劉亮《りゅうりょう》になっていた。

「四夫人がこうして集まっているんですもの。わたくしせっかくだから、皆様と陛下についてお話ししたいわ」

きっかけは、紫薔からのそんな提案だった。

「いいですね。わたしもしたいですっ」

「……へ、陛下のことなら、仕方ないわ。ま、まあ、話してあげてもいいわよ」

明貴は嫌だったが、鈴春はおろか静華までもが賛成する。その状況で反対などできるはずもなく、流れるように話の焦点は皇帝になっていた。

うっとりとした表情をして、紫薔が微笑む。

「陛下って、驚くくらいお優しいわよね」

——やさ、し、い？

明貴の中の劉亮像とはかけ離れた単語を出され、明貴の頭が今までとは違った意味で混乱した。

あれは、優しいというよりは自分勝手な男だろう。相手を振り回すだけ振り回し、楽しんでいる。絶対に優しくはない、絶対にだ。

明貴が首をひねっていると、鈴春がこくこくと頷《うなず》く。

「お優しいですよね。あとわたし……へ、陛下が息を吸うようにおっしゃる、愛の言葉も……す、好きですっ」

──息を吸うよう、に……？

明貴は、頭の中で劉亮の姿を思い浮かべた。

『皇族ゆえに、下手に発言をすると揚げ足を取られたりするからな。言葉は好かん。なので余は、極力口を開きたくないのだ』

慎重とも怠惰とも取れる発言を、劉亮は学び舎《や》に通っていたときにしていた。

学友である皓月には「聞くな、悟れ」という無茶振りを強いていたので、他の妃たちにもそんな感じなのだと思っていた。

だからこそ明貴は、自分で劉亮の思考を考えて答えを出したのだ。

──わたしの考えが、間違っていたというの？　あんなにも一緒にいたのに、そんなことってある？

むくむくと、明貴の中で疑惑が首をもたげる。どうしても、彼女たちの言葉が信じられなかった。

しかし、嘘をついている様子はない。その矛盾が、明貴の頭を混乱させる。

そこにとどめを刺したのが、静華だった。彼女はどこか誇らしげに、まるで自分のことを語るように皇帝に関して話す。

「当たり前じゃない、陛下よ？　あの方には、後宮の妃嬪《ひひん》たち全員を愛せるだけの器の深さがあるの。その辺の男とは違うのよっ」

「そうね、そうね」

「ええ、そうよ！　他の男ならば受け入れられないようなことも、陛下は受け入れるどころか優しく受け止めてくださるわ。それに、大抵のことは笑って許してくださる、懐の広い方だもの。……ああ、本当に素敵」

そのうっとりした様子からは、嘘偽りを感じ取れない。

むしろどこまでも感じ取れる〝本当〟の空気に、明貴は衝撃を受けた。

――なら、何故。なぜわたしには、あんな態度を取っていたの。何故。何故！

不信はどんどん膨れ上がり、明貴の心中にどっしりと重しのようにのしかかる。

そんなふうに動揺していたからか。思わず、言葉がこぼれたのだ。

「……そんな陛下、知りません」

初めて声を発した明貴に、全員が視線を向けた。

しかし今更、この想いを止めることもできず。ぽろぽろと言葉をこぼしていく。

「わたしの知っている陛下は……いつも自分勝手で、相手を振り回すのが好きで。言葉を重ねるのが嫌いな。人……でした」

「……あら、そうなの？」

「はい。です、が……皆様のお話に出てくる陛下は、違うようです。……つまりわたしが見ていたものが、偽物だったのですね」

思わず、自嘲の笑みが浮かんだ。

——嗚呼《ああ》、やはりわたしは、劉亮様に信頼されていなかった。

他の妃《きさき》たちには向けられている愛を、明貴にだけは向けてくれなかったのだ。それは、劉亮が明貴を愛していないという証拠だろう。

当たり前だ。

劉亮と明貴は、皇帝とその臣下でしかないのだから。

しかし。明貴の発言を聞いた紫薔が、きょとんと目を丸くする。

「あら。ならそれも、真実《ほんとう》なのでは？」

「…………え？」

「史賢妃がおっしゃった陛下も、わたくしたちが知っている陛下も。同じ〝陛下〟でしょう？　ならばそれはきっと、どちらも本物なのよ」

「……そんな、ことが……あるのでしょうか」

「あらあら。人にはいくつもの顔があるものよ？　残念なことに、そんなに単純な生き物ではないから。だから一面だけが本当なんてことは、絶対にないわ」

紫薔の言葉が、枯れていた心に突き刺さる。

そんなことがあるのだろうか、と心が震えた。

茫然《ぼうぜん》としている明貴に、紫薔は微笑む。

「せっかくだもの、陛下と話し合ってみたらどうかしら。人って、言葉でやりとりしないと相互理解ができない生き物らしいわよ？」

「それ、は……」

後宮から出て行こうとしている明貴が行なって、意味があるものなのだろうか。

しかしそれを言うこともできず、明貴は押し黙る。すると、その歯切れの悪さに痺《しび》れを切らした静華が、片眉《かたまゆ》を釣り上げ腕を組んだ。

「もう、なんでもいいから言ってきなさいよ！　当たって砕けろってよく言うでしょうっ？」

「……あの、郭徳妃。砕けたらだめなのではないでしょうか……？」

「こ、言葉の綾《あや》よっ！……と、とと、とにかく、ぐだぐだ頭の中で考えてないで、行動してみろってこと！　貴女《あなた》、考えすぎなのよ！」

ずきんと、胸が痛みを覚えた。頭を殴り飛ばされたような、強い衝撃が走る。

そんなこと、できていたらとっくにしている。

しかしそう思う気持ちと同じくらい、明貴は自分の考えが嫌いだった。

そう。嫌い、嫌い、大嫌い。

早く、消えてしまえばいいのに。消えてしまえたら、楽になるのに。

もう、疲れたのだ。泣き叫ぶのも、待ち続けるのも。既に二年後宮《ここ》にいて、愛されることもなく役に立てるようなこともなく。ただ日々を送り続けることの苦痛が、恵まれ続けた妃たちになど分かってたまるものか。

そう、今明貴が抱えている感情は、明貴だけのものだ。誰にも理解できないし、されたくない。ましてやそこに土足で入り込んでくる静華の言葉に、耐え切れるわけもなかった。

だから、明貴は。

――考えるのを、やめた。

「――馬鹿馬鹿しい」

そう吐き捨てると、明貴は立ち上がる。そして雀曦の手を取ると、彼女を引きずるようにしてそのまま立ち去ろうとした。

「ちょ、ちょっと、逃げるつもり!?」

「か、郭徳妃……っ」

立ち上がった静華が、そんな言葉を叫んでいたが、明貴には届かなかった。彼女は年下の妃を一瞥《いちべつ》すると、嘲笑《あざわら》う。

「ええ、逃げますよ？　それが何か？」

「なっ」

「というより……事情も知らないであろうあなた方に、説教まがいのことを言われる筋合いはありません。誰かを救いたいのであれば、ご自身の友人たちにでもしていたらいかがでしょうか。――きっとそのほうが、今よりもずっと気持ちよくいられると思いますよ。偽善者さん？」

そう吐き捨てれば、静華が絶句していた。

紫薔は無表情で目を瞬かせ、鈴春は困ったような顔をしてこちらを見ている。しかし鈴春は、こんな状況でも物怖《ものお》じせず言葉を紡いだ。

「史賢妃。わたしたちでは、お力になれないかも知れませんが。ですがきっと珀夫人ならば、お力になってくれるはずです」

明貴には、その発言の意図が分からなかった。これっぽっちも分からなかった。

むしろ、それがどうしたと言うのでしょう。

助けを求めて、どうするのだ。今更。

もう、変化などもう懲り懲りだ。知れば知るほど苦しくなるくらいなら、何も知らないまま立ち止まってうずくまっているほうが楽だということを、この数年で明貴は学んだ。

——昔はあんなにも知りたがっていたのにね。

もう一人の自分が、頭の中でそう嘲笑《ちょうしょう》する。しかし、明貴はそれを無視して突き進んだ。でないと、うずくまったまま立ち上がれなくなると思ったからだ。

つかつかと歩きながら外に出ると、太陽の日差しが瞼《まぶた》を焼く。

……やはり、外になど出るのではなかった。

そう思いながら、明貴は雀曦を連れて烏羽宮《うきゅう》へと戻ったのだ——

＊

帰宅後。

優蘭は皓月と一緒に、お酒を飲んでいた。優蘭のほうは突っ伏し、酒をあおるように飲んでいる。いわゆるところのヤケ酒というやつである。

「あー失敗したー大失敗ですわーはぁぁぁぁ………」

「ま、まあまあ、優蘭さん……落ち着いてください……？」

「うっ……皓月様の優しさが目に染みる……！」

「えっ！　な、泣いています!?」

「泣いてません泣いてません。流石に、何度も泣きはしません」

と言ったが、まあ泣きたい気持ちなことには変わりない。ただ、元々博打《ばくち》のようなものだと自覚していたので、そこまで傷つきはしなかった。

皓月に対して、心底申し訳ないとは思ったが。

名誉挽回《ばんかい》できずかー。

がっくり項垂《うなだ》れるが、今日も今日とて様々なところを走り回ったのでお腹は空《す》く。

しかも、料理人たちが作ってくれたつまみ兼夕餉《ゆうげ》が、ものすごく美味《おい》しそうなのだ。

蒸し鶏のピリ辛タレ和《あ》え、干豆腐、くらげの甘酢和えといった、最高に美味しいおつまみたちから、カリッと揚がった鶏肉、とろとろになるまで煮込まれた角煮といったがっつり食べられる料理たち。

こんなのを見て、お腹が空かない方がどうかしている。

優蘭は、箸《はし》で切り分けられるほど柔らかく煮込まれた角煮を一つ頬張ると、酒を勢い良くあおった。

「っ、あー！　美味しいー！　悲しいけど美味しいー!!　どうして人って、失敗した日でもお腹が空くんでしょうねー！」

「それは、生きているからだろう？　当たり前だ」

皓月に話しかけたつもりだったのだが、全くの第三者から返答がくる。

それを聞き、優蘭はなおのことぐったりした。

わざと存在ごと無視を決め込んでいたというのに、この男は。

確実に厄介ごとを持ち込んできている空気を、優蘭は機敏に感じ取っていた。今回の作戦の大失敗ですらひどいのに、そこにさらなる問題を持ち込んでくるとは。主人に似てどこまでも憎らしい。

しかし、いつまでも目を逸《そ》らし続けているわけにもいかない。

仕方なく。本当に仕方なく、優蘭は悪あがきをやめる。

そして、両腕を組みどっしり座り込む武人――郭慶木《けいぼく》に、優蘭は胡乱《うろん》な眼差《まなざ》しをむけた。

「……で。どうして郭将軍は、我が家にいらしたんですか？」

「……おい皓月。お前の嫁が、恐ろしいほど冷ややかな目でわたしを見ているんだが」

「安心してください。わたしとしても、正直言って邪魔です。用事がないなら帰っていただいてるところですね」

「用事がないのに、わざわざくるわけないだろう……寄り道がばれると妻の目が怖いのに……」

「なら、さっさとお帰りくださいませ。先駆けて使者を送り、奥様にご連絡しておきますので」

「だから、寄り道がばれると怖いと言っているではないか!?　夫婦揃ってわたしへの当たりがきついな⁉」

仕返しと嫌がらせのために言ったに決まっているでしょうが。何をすっとぼけたことを言っているのよ、この男。

自分が、優蘭と皓月に行なった仕打ちを完全に忘れていやしないだろうか。少なくとも、秀女選抜時にやらされたあの一件で、優蘭の中の慶木好感度は地にめり込んでいるのだが。もしそれで歓迎してもらえるのだと思っているのなら、一度薬師《くすし》に頭でも診てもらったほうがいい。

まあ、うちの料理長優秀だから、郭将軍の分も作ってくれたんだけど……！

珀家の気の利きすぎる料理長は、なんと慶木のために肉野菜炒《いた》めも追加で作ってくれた。喜んでいて腹が立ったので、半分くらい持っていってやった。

これ見よがしに肉野菜炒めを食べていると、ため息を吐かれる。

「分かった……仕事の話をしよう。珀夫人」

「……家庭にまでそういうの、持ってこないで欲しいのですが」

「仕方ないだろう。今、陛下と皓月は口をきいていないのだから。そのこともあり、賢妃の件はまるで触れられないのだよ……」

「……はい？」

優蘭は思わず、皓月のほうを見る。

しかし皓月は、なんてことはないふうに微笑んだ。

正直に言おう。今までで一番怖い笑みだった。

「適当なことを言わないでください、慶木。……正しくは、私的な会話をしていないだけです。優蘭さんに関する話題は無視をしていますが、仕事に関することならばお話ししていますよ？　あ、賢妃様の件に関しては全く別ですから、それは無視の対象です」

「その切り替えができているのがおかしいだろう……見ているこっちも胃がキリキリしてくるくらい、凄《すさ》まじい無視だったからな」

「当たり前でしょう？　ご自身がそれだけのことをなさったということ、自覚していただきたいですね」

怒ったようにため息を漏らす皓月。しかし優蘭としては、想像もつかない状況に頭が追いつかない。

え？……………え？　あの、温厚で優しくて、なんでも許してくれる皓月様が、陛下のことを無視なさるくらいに、怒っていらっしゃる……？

それだけでも混乱するのに。

怒った理由が『優蘭を貶《おとし》められたから』という理由だと、二人の会話から察せられる。

妻のために上司、しかもこの国の最高権力者を無視するその姿に、優蘭は心の底から感動した。

やっぱり皓月様は、私にはもったいないくらい最高の旦那《だんな》様ね!?

しかし、事態は割と深刻らしい。

「送られてくる刺客の数にも気が滅入《めい》っているというのに、史賢妃からの離縁宣告、皓月との関係が初めて崩れた動揺が重なっているんだぞ。三重苦だ。刺客も捕まえる前に自害するし、最悪だ……」

「そうですね。で、本音は？」

「それを宥《なだ》めるわたしの身にもなれ……！」

「結局自分のことですか、あなたは……」

「当たり前だろう」

皓月が呆《あき》れながら言う。

慶木の顔にありありと「面倒臭いから嫌だ」と書いてあることはさておき。

……陛下が、刺客に狙われている？

寝耳に水な話に、優蘭は目を白黒させ皓月と慶木両方を交互に見つめた。

「郭将軍。もしや郭将軍は、貴妃様を狙った刺客と陛下を狙う刺客を同一人物だとお考えですか？」

「お、さすがは珀夫人だな。目の付け所がいい。気になるだろう？」

「そりゃあ、もちろん。今は大事な時期ですから」

すると、皓月が半眼になって慶木を睨《にら》みつける。

「うちの妻を勝手に巻き込むの、やめていただいてもいいですか？」

「はっはっはっ。だがしかし、もう伝えてしまった！　つまり、強制参加だ！」

優蘭は、慶木に白んだ目を向けた。

前回もそうだったけれど……この男《ひと》ほんと、関係ない人間を強制的に巻き込むの得意よね……。

皓月はどちらかというと正攻法——相手との対話や関わりをもって衝突を避ける方法で場を鎮める。

が、慶木は真逆。わざと衝突させて、後ろから寝首を掻《か》く奇襲作戦が得意だ。

奇襲作戦の良いところは、危険が多い分見返りも多いところだろう。代わりに皓月が得意とする正攻法は、その場での見返りが少ない。だが後者は、後々になって活《い》きてくることが多い戦法だ。

どちらに価値があるかは時と場合によるが、皇帝の側近二人でここまで傾向が違うのは面白い。

それぞれの性格が出てくる攻略法だなぁと、優蘭は感慨深く思った。

ただ、郭将軍。その特技は、もっと別の形で生かしたほうが良いと思う……。

少しの間現実逃避していた優蘭は、しかし慶木の絡みつくような視線にため息を漏らし、話を聞くための心づもりをした。

「……それで？　郭将軍は、私に何をさせたいのですか？」

その言葉を聞いた慶木は、待ってましたとばかりに身を乗り出す。

「簡単だ。陛下の周りで起きている苦難を、取り除きたい」

「はあ」

「なので、まず史賢妃の件を片付けて欲しい」

その言葉を聞いた優蘭は、手に持っていた箸を慶木に突き刺してやりたいと思った。

「阿呆《あほう》ですかこんちくしょう」

「阿呆⁉」

当たり前だ。阿呆以外の言葉が出てこない。

「さっきの話、聞いてました？　今回、私は盛大に失敗しているんですよっ？　そんな状況下で、賢妃様が私の言うことを聞いてくださると思います⁉」

「それもそうだな……」

慶木の発言にイラッとしたが、失敗したのは優蘭のせいなので黙った。結果を残せなかった敗者に、語る資格はない。

本当にもう、雀曦にまで手伝ってもらったにもかかわらずこの有様とは、目も当てられない。申し訳なさが、優蘭の中で膨れ上がった。

「というより、どういう方法で史賢妃の心を開こうとしたんだ？」

優蘭は、慶木に半眼を向けた。

「簡単ですよ。賢妃様に揺さぶりをかけるために、他の四夫人たちとのお茶会に強制参加していただいたんです」

「は？」

「で、徳妃様の『当たって砕けろ』の一言で、賢妃様がキレて帰りました」

「何をまたやらかしているんだあの愚妹は……」

慶木が珍しく頭を抱えている。ただその反応を見るに、昔からあんな感じだったのだろうなーと悟った。

優蘭としても、物陰から様子を確認していたあのときに頭を抱えたくなったので、今回の彼の気持ちは痛いほど分かる。

ほんっとね、徳妃様って感じだったわ。

優蘭は溜息《ためいき》を吐きながらも、首を横に振った。

「徳妃様の発言は確かに、悪かったですが。彼女を茶会の席に参加させることを決めたのは、私です。なので、今回の件で責任を問われるとしたら、それは私でしかないのですよ」

「……むしろ、何故静華を参加させたのだ」

「簡単です。徳妃様の言葉が、一番裏表がないからですよ」

顔を見合わせて首をひねる皓月と慶木に、優蘭は説明をする。

「いいですか、お二人とも。女性というのは、『作られた話』や『望まぬ気遣い』に敏感なんです」

優蘭は肩を竦《すく》めた。

「特に今の賢妃様は、とても過敏になっています。そうしますと、より周りを疑ってしまうんですよね。なので敢《あ》えて、徳妃様を参加させました」

「なるほど。彼女のお言葉は、良くも悪くも飾らないですからね」

「そうです皓月様。上手《うま》くいけば賢妃様の負の感情も突き破ってくれると思ったのですが……まあ、はい。無理でした。むしろ突き破るどころか、ズッタズタに賢妃様の心を突き刺して、拒絶反応とともに閉め出されてましたね。倍返しくらいの突きと共に」

「ああ、史賢妃の毒舌は、今もなお健在なのですね。その切れっぷりは、わたしにも覚えが……そこに、郭徳妃の良く言えば飾らない、悪く言えば気遣いが足りない言葉が合わさったとなれば……悲惨な流れが想像できます……」

静華と明貴。そのどちらとも面識がある皓月には、その恐ろしい光景が浮かんでしまったのだろう。ぶるりと体を震わせている。

そんな夫に申し訳なさを感じつつも、優蘭は頭を抱えた。

「あーやっぱり、事情をちゃんと説明しなかったのがまずかったんですかね……」

「は？　珀夫人⁉」

慶木がぎょっとしている。

「まさかとは思うが、参加させた他の四夫人たちにも、事情を説明していなかったとは言わないよな⁉」

「は？　するわけないじゃないですか」

「正気か⁉」

「私はいつだって正気ですがっ？」

「本当に正気な人間は、そういうことをする前に事前の打ち合わせをちゃんとするものなんだよ！」

尤《もっと》もすぎる意見に、ぐうの音も出ない。

しかし正論だけで、世の中が上手くいくと思ったら大間違いだ。

優蘭は勢い良く立ち上がると、びしりと人差し指を慶木目掛けて突きつけた。

「じゃあ逆に聞きますけど、私が賢妃様の離縁話を他の四夫人方に話していたら、今頃どうなっていたと思います⁉」

「え、は、それ、は」

「貴妃様、淑妃様だけならまだしも、徳妃様は確実に『は？　何馬鹿なことを抜かしているの愚かなのっ？　妃のほうから陛下に離縁を突きつけるなんて言語道断、あり得ないわ！　今すぐわたしが話をつけてきてあげる！』とかなんとか言って、確実に賢妃様に突撃してましたよ!?」

「言いそう……いや、絶対に言うなうちの愚妹なら……」

実の兄すらこう言うのだから、まあ間違いなく言うだろう。そして、事態をさらにややこしくしてくれたはずだ。

そのこと以上に、優蘭は自分が静華を理解し始めていることに唸《うな》る。

くっ。どうして私は、苦手な人種の思考ばかり読み取っているのかしら……！

そのもどかしさをぎゅっと胸の内側にしまいつつ、優蘭は畳みかけた。

「それに！　私が今回おいそれと賢妃様の事情を説明していたら、他の四夫人方は間違いなく私への不信感を持ちますからね！　そんな大事なことを、一応敵対派閥の人間に話す管理人とか、信じられると思います？　無理でしょ、ねえ!?」

「うぐ……確かに、そうだが……」

「そうなれば、私が今まで築き上げてきたもの全てが無駄になるわけですよ。つまり私が事情説明をしなかったのは、正しかったと思うんです！」

そう言えば、慶木は腕を組んで考えるように俯《うつむ》きながらも頷《うなず》いた。

「……確かに、そうだな」

ほら見たかー！

酒が入っているからか、慶木を言い負かしたことにものすごい解放感を覚えた。思わず踏ん反り返っていると、慶木が「だが」と言う。

「そうなったらそもそも、作戦に参加させた面子《メンツ》がいけなかったんじゃないか？」

ぴっきーん。

今回の作戦を全否定する意見に、優蘭の頭の中に雷が走る。

慶木はなおも続けた。

「それに、史賢妃の考えを変えさせるなら、もっと段階を踏んでやるべきだと思う。こう、親睦《しんぼく》を深めてだな……」

「……親睦？　時間が全くない中、今更親睦ですって？　そんな正攻法が通じると思ったら、大間違いですよッッ！　阿呆なこと抜かしてるのはあなたも一緒ですからね、郭将軍!!」

「な、そ、そこまで怒らなくとも良いではないか！　わたしは単純に、失敗から分析して珀夫人の役に立とうとだな……というより、史賢妃と陛下が早々に話し合えば済むのではないかと思うのだが……」

「……いや、流石のわたしも、今の発言はないと思いますよ慶木」

「皓月!?」

冷めた目をして、皓月は淡々と告げた。

「慶木が焦っているのも分かりますが、優蘭さんの行動にだってちゃんと意味があります。慶木は知らないので無理もありませんが、史賢妃の頭はとても固いんです。正攻法で親睦を深めようとしても、彼女が心を開く可能性はほぼありません。それが、優蘭さんならなおのことですよ」

「な、何故だ。珀夫人は、後宮妃《きさき》たちの味方だろうっ？」

「味方だからこそ、です。優蘭さんは、史賢妃にとって『自分がやろうとしてもできなかったことをやってのけている、自分より優れた存在』なんですよ。今の史賢妃にとってその事実は、屈辱以外の何物でもありません」

「そ、れは……」

「だから、史賢妃が優蘭さんを利用することはあっても。心を開くことは、絶対にないんです。故に優蘭さんは今回、史賢妃の前に姿を現さなかった。そうですよね、優蘭さん」

「……その通りです。私の影が少しでも見えれば、賢妃様は確実に警戒なされると思ったので……」

皓月の発言ですっかり毒気を抜かれてしまった優蘭は、食事に手をつけつつ頷く。

すると、皓月は優蘭に笑いかけた。

「その行動は、とても素晴らしかったと思います。むしろ優蘭さんが出てきていれば、史賢妃はもう誰の言葉にも耳を傾けてくれなかったはず。まだどうにかできる可能性があるのは、優蘭さんの発想のお陰です。流石ですね」

「こ、皓月様……優しい……っ」

「そんなことはありません、事実です。それにわたしは、優蘭さんの方向性自体は間違っていないと思いますよ。史賢妃は本当に、頑固な方ですから。その考えをどうにかするためには、強い衝撃が必要だと思います」

こんなにもダメダメな妻を、さりげなく労《いた》わり助けてくれた上に褒めてくれるだなんて……何したらこんな人になれるの⁉

もともといい夫だとは思っていたが、今回の件でさらに評価が上がった。同時に、絶対に幸せにしてやらねばならないという思いがメラメラと燃え上がる。

慶木が「そういう夫婦《めおと》漫才は、わたしがいなくなってからやってくれ……」とぼやいているのが聞こえたが、この尊さが分からないとは流石郭家次期当主だ。

優蘭はキィッと、慶木を睨《にら》みつけた。

「というより。最初のほうから何やら勘違いしていらっしゃるようですが、私は賢妃様ご自身が『陛下に会いたい』とおっしゃるまで、陛下と会わせる気はありませんよ」

「なんだと……っ！　何故だ⁉　それが一番手っ取り早いだろう‼」

ガタリと椅子から立ち上がる慶木に、今度は皓月が白んだ目を向けた。

「そこが理解できないから、奥方に毎回怒られるのですよ慶木」

「グッ……」

どうやら、ぐうの音も出ないらしい。確かにこの無神経っぷりは怒られそうだ。優蘭としては、毎回ちゃんと叱ってくれる郭夫人の忍耐力がすごいと思うが、それはさておき。

「本当ですよ。無神経にもほどがあります」

優蘭はやれやれと首を振った。

「いいですか郭将軍。今回の一件はそもそも、陛下のせいで起きているんです。つまり、陛下は加害者なのですよ。被害者からしてみたら、恐怖の対象なわけです。心の準備ができていない状況で会わせれば、賢妃様の心はもっと離れていきますよ」

「……なるほど。言われてみたら確かにそうだな」

「はい。ですから、賢妃様がお会いしたいと言わない限り、私は陛下のことを許すつもりはありません」

慶木がぽりぽりと頰を掻《か》く。

「で、でも、だな……事態が事態なのだから、その辺りは融通を利かせてくれても……」

「ははは、勝手に混同しないでください。それとこれとは全くの別問題です」

「うぐっ……」

「賢妃様に想いを伝えることなく後宮に入れようとしたことだけでも許し難いのに、陛下は想いを伝えないまま手を出し、子どもを亡くして落ち込んでいるであろう賢妃様に寄り添おうともせず、あまつさえ死にかけたことへの恐怖から距離を置いただけでなく、ことあるごとに賢妃様のお心を傷つける行為をしてきたのです。三重苦がなんですか、因果応報ですよまったく……」

「改めて並べられると、ひどいな……」

ひどいどころの話じゃないわよ。どうしてこんなにも、典型的ダメ男像を網羅してんのよ。しかも賢妃様にだけ！

初恋をこじらせた男の末路は、割と悲惨だった。

「それに、刺客をどうにかするのは禁軍のお仕事ですよね？」

「くっ……」

「そして皓月様との仲違《なかたが》いは、陛下ご自身の失言が理由のはず。皓月様、皓月様は陛下が何をなさったら、陛下をお許しになる形ですか？」

「優蘭さんへの謝罪と、それ相応の誠意を見せてくだされば」

「だそうです。これが一番楽では？」

「……そうだな……それから提案してみよう……」

疲れ切った顔の慶木が肉野菜炒《いた》めを食べるのを眺めながら、優蘭はこっそりため息をこぼした。

まあ私だって、このままだったらいけないとは思ってるわよ。

特に明貴は、受動的に動くよりは巻き込まれてようやく動き出すような性格をしている。

つまり、誰かが背中を押してあげたほうが本来ならば良いのだ。

背中、背中ね……でも、塩梅《あんばい》がまた難しいし……。

ぼんやり悩んでいると、慶木が杯の酒を一気飲みした。そしてダンッと、荒々しく杯を卓に置く。

「正直に言おう！——倒せど倒せど虫のように湧いてくる刺客共が、死ぬほど面倒臭い!!」

「わあ。郭将軍ともあろう方が、敵派閥でまさかのぶっちゃけ話」

「仕方ないだろう、愚痴でも言わねばやってられんわ！」

ぐびぐびとなかなかの速度で酒を飲み干す慶木は、顔を赤くしながら言った。

「そもそもだ、わたしはなぁ、面倒臭いことが大嫌いなんだよ！」

「あーはいはい。本当にあなた、酒がそんなにも強くないのに、よく飲みますね……」

「うるさいわ。飲み続けても顔色一つ変えないやつには、わたしの気持ちなど分からん！」

皓月と慶木のやりとりが、何やら白熱している。

内容は完全に、介抱人と酔っ払いの会話だった。

「くそぅ、陛下も陛下だ。ちゃんとしてくれ！」

「はいはい」

「だいたい陛下は、いつも自分勝手すぎる……こっちの身にもなってくれっ」

「それは、あなたにだけは言われたくないと思いますよ」

「正論で人を追い詰めるなー！」

「あ、自覚はあったんですね。良かったです安心しました。他人事《ひとごと》だったら、奥方様に色々と話そうかと思っていたのですが」

「この鬼畜め！」

「どうとでも」

わあ。あの皓月様が、郭将軍を雑に扱ってる……前々から仲が良いわよね。

それはそうとして、見ていて面白いので、もう少しやってくれないだろうか。主に優蘭が喜ぶ。

そう思っていたときだ。

「うぅ……もうなんでもいい、なんでもいいから、全部まとめて片付いてくれないだろうか……」

凄《すさ》まじい願望だなぁ、と優蘭は思った。

しかし、確かに全部一気に片付いてくれれば、全員がすっきりするだろう。優蘭も、できることなら早く終わって欲しい。

「じゃあ聞きますけど、郭将軍ならどのような方法で賢妃様が自ら動くように仕向けます？」

「難しいことを言うな、珀夫人は」

慶木は赤ら顔のまま頬杖《ほおづえ》をついた。

「そんなこと、知らん。わたしはこの通り、妻に怒られっぱなしでな。ははは」

「わあ。まさかの開き直り」

「開き直って何が悪い。これでも、これでもだなぁ……わたしだって、わたしなりに妻を大事にしたいと思っているんだよ……っ」

「へえ、どんなふうにですか？」

慶木は、ぼんやりと呟《つぶや》いた。

「たとえば……昇格を早めるために、戦の折には率先して上官の盾になったり」

「うわあ」

「弓矢の雨の中を駆け抜けたり」

「うわあ」

「敵の目を引き付けるために、わざと単独行動を取り囮《おとり》になったり」

「うっわあ……」

「何だ、その反応は。怪我こそしたが、どれもちゃんと生きて帰ってきたぞ？　妻には、しこたま怒られたが……」

うわあ、としかもう言えない。郭家の奥方の気持ちが、痛いほどよく分かった。

叱らないとやってらんないのよね、きっと……。

優蘭がドン引きしている間にも、慶木は酒をあおる。お猪口《ちょこ》が空になった。

銚子《ちょうし》から酒を注ぎながら、慶木は目を細める。

「だが、一回毒矢に当たって死にかけてな……そのときばかりは、妻は怒りながらも泣いていた。死んでしまうかと思ったと、わたしを置いて逝かないでと言われてだなぁ……あのときは、本当に申し訳なかった記憶がある」

「むしろわたしは、郭夫人に同情します」

「はは。これぱっかりは何も言えないな」

「わたしからも言わせていただきますが、そろそろ突っ走るのはやめてくださいね本当に」

「貴殿にそう言われると、胸に突き刺さるな……」

むしろ、そこまで言ってくれる相手がいるということが幸せだと思う。

でも、確かにそうよね。郭将軍はなんていうかやり過ぎだけど、人間失くしてからでないと、自分の大切なものに気付けないっていうところ、あるわ。

優蘭も、似たような話は聞いたことがある。ある武官夫婦の話だ。

まだ戦が多かった時代、夫は戦ばかりに行ってしまい妻を蔑《ないがし》ろにしていたそうだ。それに耐えきれなくなった妻は、男を取っ替え引っ替えして心細い気持ちを癒《いや》していた。

しかし戦で夫が負傷し、昏睡《こんすい》状態になってしまった。

そのとき、ようやく夫への想いを自覚した妻は、男たちとの関係を断ち切り夫への看病に邁進《まいしん》する。その後目覚めた夫は、死にかけてようやく妻のありがたみと自身の中にあった想いを自覚し、妻を大切に扱うようになった。

すれ違い続けていた二人はそうして、幸せに暮らした――とまぁ、そんな実際にあったかどうかも分からない昔話だ。

そんなふうに思考を重ねていたからか、優蘭の頭の中を様々な単語が駆け抜けていく。

刺客問題、離縁問題、仲違い問題……賢妃様自身が、陛下との逢瀬《おうせ》を望まれなければ意味がない、方向性は合っている、死にかける、想いを自覚、ね、え……？

瞬間。

優蘭の頭の中で、今まで詰め込んだ情報が一気に整理された。

かちりかちりと、色々なものが綺麗《きれい》にはまっていく。それが全てはまりきったとき、優蘭は感激のあまり立ち上がってしまった。

「閃《ひらめ》いた！」

「は？」

「え？」

慶木、皓月の順に疑問の声が上がる。

そんな彼らに、優蘭はギュッと握り締めた拳《こぶし》を胸元に当てて力説した。

「閃きましたよ！　問題全てが、一気に片付く素敵な案が！」

「なん、だと……？」

「そ、それは、本当なのですか優蘭さんっ？」

「はい」

優蘭はにっこり笑う。

「つまり、皇帝陛下の元へやってくる刺客を殺さず捕まえ、賢妃様がご自身で『陛下に会いたい』と思うように誘導し、ついでに陛下からの謝罪をもぎ取ればいいわけですよね？　お二人だけでなく、陛下や他の方々のお力添えは必ず必要ですが、それができれば上手《うま》くいくと思います」

「おお」

「もちろん、わたしは協力しますよ」

「ありがとうございます」

「わたしもだ。何をすればいい？」

それを聞いた優蘭は、声を弾ませて言った。

「なら手始めに、陛下です。彼《か》の方には――祝賀会の折、ご退場願いましょう」

「……え」

「は？」

聞こえなかったのかな、と思った優蘭は、顎《あご》に手を当てつつ首を傾げた。そして、分かりやすく言い直す。

「ですから、簡単ですよ。――陛下には、お亡くなりいただきたいのです」

――ちゃりーん。

何を言われているのか分からないという顔をして優蘭を見つめる二人を他所《よそ》に、優蘭の脳裏に銭の音がこだました。

そう。これさえ上手くいけば、皇帝に貸しが作れる上に一泡吹かせることができるのだ。ついでに言うなら、迷惑料の一つや二つくらい取れるかもしれない。思わず胸がときめいてしまう。

いける、やれる、やってみせる！　絶対に！

今の優蘭に、不敬だとかそういった感情はない。あるのはただ、目の前の良案をどのようにして成功させるか、それだけだ。

ふ、ふふ、ふふふふ……！　迷惑料はきちんといただくけど、ちゃんと利益は還元するわよ！　皇帝を含めた全員にね！

皇帝の側近たちが、とんでもない発言に混乱する中。

優蘭は一人、力強く拳を握り締めたのだった。

第四章　寵臣夫婦、初恋夫婦の未来に祈る

祝賀会当日、紫苑宮《しおんきゅう》・大広間にて。

優蘭《ゆうらん》は、五彩宦官《かんがん》をこき使って最後の準備を進める梅香《ばいこう》を、温かい目で見つめていた。

「朱睿《しゅえい》！　配置違う！　もう少し左！」

「ハイィ！」

「黄明《こうめい》！　そこの飾りはそれじゃなくてこっちの行灯《あんどん》にして！」

「あ、確かにこっちのほうがいいですね！　了解です！」

「悠青《ゆうせい》！　わたしが帰ってくるまでに、会場の最終確認して！　隅々までくまなく！　ピカッピカにしてね！」

「任せてください掃除大得意です！」

「緑規《りょくき》！　食事を運ぶ流れを、内食司女官長《ないしょくし》と確認しに行くわよ！」

「ひぃ、了解です……！」

「黒呂は、長官に付いておきなさい！」

「ハイっ！」

……なんだろう、この小気味良いやり取り……見てて面白いなぁ。

思わずほっこりしていると、横から一人の女性が現れる。

ふわり。音もなく現れた彼女は、天女のような美しさを持っていた。

「ご機嫌よう、珀《はく》長官。……健美省《けんびしょう》も、だいぶ賑《にぎ》やかになってきたようですね」

優蘭がくるりと振り返れば、彼女はにこりと微笑む。

内儀司《ないぎし》女官長・姜桂英《きょうけいえい》。

衣の色は内儀司女官服と同じ白藍色《しろあいいろ》だったが、今日の彼女は舞踏用の裾《すそ》や袖《そで》がひらひら広がる衣装を身にまとっている。

衣よりも少し濃い目の青を落とした披帛《ひはく》は透けていて、動くたびにひらひら揺れていた。

露出は少ないはずなのだが、袖近くや裾のほうが透け感の強い生地を使っているからか、なんだか妙に艶《つや》っぽく見える。

着ているのが桂英ということもあり、美しさが増して見えた。

これが、内儀司の女官たちが儀式をする際に使う衣らしい。

しかし秋にしては薄手に見え、優蘭は心配になった。

「ご機嫌麗しく、桂英様。此度《こたび》の襦裙《じゅくん》、天女の羽衣の如き軽やかさと女性らしい曲線美を表しつつ、貞淑さも兼ね備えた大変美しいものですね」

「まあ、ありがとうございます」

「ただ……薄手の衣に見えますが寒くはありませんか？」

「ご安心くださいませ、珀長官。美とは、ほぼほぼ根性でできております。寒いのであれば、耐えればいいのです」

「あ、ハイ」

まさかの根性論だった。

桂英は時々、見た目の知的さとは裏腹に精神論で解決してこようとする面がある。

すると、桂英は肩を竦《すく》めた。

「それに、こちらは一応秋冬に使う厚手のものなのですよ。わたしも、毎年どちらを取るのか悩んでいるので多数決をとるのですが……大体、美を最優先にさせたほうに傾きますね」

「あ、なるほど……」

「襦裙の形状や生地、装飾、刺繍《ししゅう》に関しても、毎年、内服司《ないふくし》の担当女官と一緒に考えており、その度にお互いの譲れぬところを言い合いどちらの意見をよしとするか、凌《しの》ぎを削《けず》っています。わたしとしましても、毎年知識を得てさらなる高みを目指せるよう日夜勉学をしておりますので……褒められるととても嬉《うれ》しいですね」

「わあ……」

内儀司、恐ろしいところ……！

この辺りを深掘りしていくと恐ろしい気がしたので、優蘭はそっと話を逸《そ》らすことにする。

「あ、桂英様的に、会場のほうはいかがですか？」

「お気遣いいただき、ありがとうございます。先ほど最終確認のために一度踊ってみましたが……大丈夫そうでした」

「そうですか、それは良かったです」

「はい。むしろ、こちらが踊りやすいような配置を考えてくださり、ありがとうございます」

「いえいえ、大事な儀式ですから、妥協はできません」

「はい。その通りです。なので、事細かに指定させていただきました」

桂英のこういう遠慮のないところが、優蘭は割と好きだったりする。

仕事には、妥協して良い点と駄目な点があるからね。

その辺りのさじ加減をよく分かっているのが、桂英という女官長だった。

すると、桂英がわずかに憂いを帯びた顔をする。

「それに……昨日宮廷のほうで踊らせていただいたのですが、心の底から踊りにくくて……」

「ああ……そうでしたね……」

「もう色々と、腹が立ちましたね。何考えているんでしょうかあの方々」

「まあまあまあまあ……」

実を言うと、『祝賀会』は二回行なわれる。

一回目が宮廷で。二回目が後宮でだ。

宮廷での祝賀会は、各地から祝いの言葉を述べるために来訪した貴族たちが参加できるもの。そして後宮での祝賀会は、皇帝と後宮関係者のみが参加できるものだ。一番の違いは規模だろう。

祝賀会の企画を担当したであろう、礼部尚書《れいぶしょうしょ》・江空泉《こうくうせん》の顔が思い浮かぶ。

……うん……きっと……来訪者数の関係で舞台を狭めたんでしょうね……あと宮廷での祝賀会は正直、前座であって本来の儀式には含まれてないらしいし、舞をあんまり重要視してないんだと思う……。

まあ、空泉のことは今は置いておいて。

「とりあえず桂英様、奉納演舞の前までは、きちんと体を温めてくださいね？　待機部屋には火鉢を設置してありますから、そちらで温まってください」

「お気遣い、ありがとうございます。体が縮むと動きが悪くなりますし怪我をしやすくもなりますので、とても助かります」

「いいえ。……楽しみにしています」

それでは。

そう告げ、優蘭は黒呂に話しかける。

「とりあえず黒呂。私たちも最終確認に行きましょうか」

「はい」

「吉慶三品目の保管はちゃんとできてる？」

「もちろんです。今は夏《か》様方が警備していらっしゃるはずです」

「そう。じゃあ、貴妃《きひ》様に何かあったときのための対策確認でもしましょうか」

「はいっ！」

忠犬よろしく後ろにピタリと付いてくる宦官を見て、優蘭はこっそり笑う。ここ数週間一緒にいることが多いが、今では優蘭の手足になって率先して仕事をしていた。

どうやら、褒められるのが心底嬉しいらしい。

五彩宦官全員がこんな感じなので、優蘭は「雇ったのは愛玩《あいがん》動物だったっけ？」とよく首を傾げていた。

そんなに嬉しい理由はちょっと分からないけど、まあいいか。

さてさて。……とりあえず、始めますか。


ごぉぉん。

祝賀会の開会式は、銅鑼《どら》の音とともに始まった。

既に数千を超える人々が集まっていて騒がしかった大広間が、銅鑼の音で一気に静かになる。

会場前方には、皇帝と紫薔《ししょう》が椅子に腰掛けていた。

それはそれは美しい真紅の襦裙を身にまとった紫薔は、大輪の薔薇《ばら》のように美しい。

頭には貴妃である証《あかし》の冠と、薔薇の銀簪《かんざし》が。そしてそれらを引き立たせるような、数々の飾りや紐《ひも》がこれでもかと使われている。

美は根性だと桂英が言っていたが、その通りだと思う。頭だけで、既にかなり重そうだ。衣に関しては優蘭も介入して、華美さを損なわないようにしつつかなり軽量化しているが、色々と不安になる。

念のため、医官を背後に忍ばせてはいるし、貴妃様の侍女頭も近くにいるけれど……貴妃様は絶対に、自分の体調不良を口にすることはないだろうし。私がしっかり見ておかないと。

それ以上に優蘭が気になっているのは、明貴《めいき》だった。

ちらりと、会場前方の席に座る明貴を確認する。

彼女は、後宮内で賢妃《けんひ》だけが唯一着ることを許されている漆黒の襦裙を身にまとい、皇帝から賜った菖蒲《あやめ》の銀簪で髪を飾ってそこにいた。

祝賀会に参加してくださったら、離縁に関して陛下に進言する。

そういう条件付きで、今回無理やり参加してもらったのだ。でないと、優蘭が考えた作戦がそもそも使えなくなるからだ。

初めは優蘭に対して何か言いたげな顔をしていたが、説得という名の説明を続けるうちに折れてくれたらしい。優蘭としても、今この場で顔を見ることができて心底ほっとしていた。

明貴の雰囲気はいつも通りだが、しかし楽観はできない。

なんせ彼女にとってこの祝賀会は、忌まわしき思い出の一つになっているからである。

……賢妃様は確かこの祝賀会の後、自室に戻られる際に後ろから突き落とされたのよね。

しかも最悪なことに、裾を踏みつけて落ちた。

落ち方が悪かったのもあり、明貴は頭を打って昏睡《こんすい》状態。眠っている間に子どもも流れてしまったと聞いた。

それ以降、明貴は裾の長い衣を着ていない。

それほどまでの心理的打撃を受けたのだ。

だから今の彼女にとって、祝賀会は決して気持ちの良いものではないだろう。

でも……彼女には、参加してもらわないとならないのよ。

そう。でないと、そもそもの計画が破綻《はたん》してしまう。だから何がなんでも、明貴には閉会前までいてもらわなくては。

そう思っていると、皇帝が立ち上がり声を張り上げる。

「此度は、このような祝賀会を開けることを喜ばしく思う。余の子がこの世に生まれ落ちるまでもう幾ばくかあるが、皆には是非とも楽しみにして欲しい」

そう言い終え座ると、会場内が拍手で湧き立った。

これが、皇帝による開会の挨拶《あいさつ》だ。

今回の流れを簡単に説明すると、このような感じである。

『一、皇帝による開会の挨拶
二、内儀司による奉納演舞
三、吉慶三品目の奉納
四、食事
五、閉会』
本来ならばもう少し色々あるらしいのだが、紫薔が身重ということもありいらないものは全力で削《そ》ぎ落とした。

今回一番必要なのは、二と三だけだしね。

会場の熱気がそこそこ落ち着いたところで、その二番、内儀司による奉納演舞が始まった。

──奉納演舞『幸香虜啓《こうこうりよけい》』。

これは、内儀司女官たちに伝わる奉納演舞の一つだ。

桔梗祭《ききよう》のときと同様、皇帝、また天界におわします神々に自分たちの踊りを捧《ささ》げ、これから幸せを運んでくれるようにと願うのである。黎暉大国《れいきたいこく》では、皇帝は神に連なる血筋とされているのだ。

なので、血筋を最も大事にする。

神の血を絶やせば、国が滅ぶと言われてきたからだ。

だからこその、神への奉納である。

子どもを生《な》しただけで祝賀会を行なうのも、神の血を継ぐ子どもを宿したからだ。

今回の奉納演舞は、紫薔が無事に子どもを産み落とせるよう。また、皇帝と妃《きさき》が今のまま仲睦《なかむつ》まじく過ごせるよう願いを込めたものだと、優蘭は聞いていた。

音もなく披帛《ひはく》だけを揺らして現れた内儀司女官たちは、皇帝と紫薔の前で起拝《きはい》の礼を取った後定位置につく。踊り子たちは、桂英を中心にして正対称になるよう、綺麗《きれい》に斜めについていた。

演奏者たちの準備が終わった後──

──りぃん。

桂英が持つ真鍮《しんちゆう》の鈴が、高らかに鳴らされた。

――りぃん。

一拍置いて、もう一度鈴が鳴らされる。

それと同時に、女官たちがするすると動き始めた。

初めは左側。そして次に、右側。

まるで波打つかのように、彼女たちの動きは滑らかだった。

それをさらに盛り立てるのが、琵琶《びわ》や二胡《にこ》、古琴、古筝《こそう》、笛……様々な音が混ざり合って奏でられる美しい演奏だ。音が重なるごとに、踊りもどんどん盛り上がっていく。

その音によどみはなく。音の重なり方は芸術的なほど綺麗で、聞いているだけでうっとりしてしまうほどだ。

踊り子たちの動きも、それはそれは素晴らしい。

統制の取れた踊りは見ていて美しいし、裾《すそ》や披帛の動かし方も揃っている。なんてことはない顔でそれを行なっているが、相当な研鑽《けんさん》を積んできたことはすぐに分かった。

ふわりと舞い上がった踊り子たちは、音もなく柔らかく着地する。

天女が空から降りてきたのではないかと、そう錯覚した。

――踊りが終わった頃、全員の視線が内儀司女官たちに向けられていた。

割れんばかりの拍手が会場内に広がる中、桂英は皇帝と紫薔に向かって優雅に礼をする。

他の内儀司女官たちも同じだ。

あれだけ激しい踊りをしていたにもかかわらず、彼女たちの息は上がっていない。むしろ踊る前より凛《りん》として、美しかった。

この熱気の中、来たとき同様音もなく立ち去った内儀司女官たち。

名残惜しげに拍手の音が消えていった頃、優蘭はしぶしぶ立ち上がった。

――三番、吉慶三品目の奉納。

実を言うと、これを行なうのは優蘭だったりする。

本音を言うと、できることならばやりたくなかった。なんだかんだで、皇帝からの謝罪は未《いま》だにないし。優蘭への沙汰《さた》も、祝賀会が終わってからとされているからだ。

のだが、まあ仕事だし致し方あるまい。

黒呂が持ってきていた盆を持つと、優蘭は皇帝と紫薔の元へゆっくり歩いて行った。

足取りは、あくまでゆっくり。これも儀式の一つとして組み込まれている。

時間をかけて、できる限り音を立てずに進む。神前で、無闇に音を立ててはいけないとされているからだ。そのため、優蘭は一拍ごとに、一歩一歩前へ進む。

その道中一瞬だけ明貴と目が合ったが、彼女はゆっくりと目を逸《そ》らしていった。

手のひらがぎゅっと握られているのを、優蘭は認める。

そうよね。見たくないわよね。

そう思い、優蘭も唇を噛《か》み締める。それでも、遅れずに前へ前へと進んでいたら、皇帝と紫薔の前にきていた。

優蘭は跪《ひざまず》くと、盆――正しくは、その上に載っていた三つの品物を差し出す。

「健美省長官、珀優蘭。皇家の長きに渡る繁栄を願って、此度《こたび》の品を献上いたします」

盆の上に載っていたのは、紅玉と紫翡翠《ひすい》、そして真紅の薔薇の造花だった。

ここで渡す吉慶三品目というのは、祝いの品である。

紅玉は、貴妃を象徴とする宝石。紫翡翠は、皇家を象徴とする宝石だ。そして薔薇は、紫薔が皇帝から賜った花である。

妃の象徴石、皇家の象徴石。そして、子を生した妃の象徴花。

これらを、宮廷では吉慶三品目という。

この際に、妃の象徴花が決まっていなければ、皇帝が直々に選んだ花が使われるようだ。

それぞれの象徴であるものをまた神に捧げることで、子孫繁栄を祈るのである。

そして紫薔が無事子どもを産めば、これらの宝石で子どものための何かしらの装飾品を作るのが習わしなのだ。象徴である色を持つ宝石を身につけることは、魔除《まよ》けや守護に繋《つな》がると昔から信じられてきたからだ。

優蘭が左指に嵌《は》めている結婚指輪も同じ。嫁いでくる女性に、自身の家系の象徴たる宝石を使ったものを身につけさせることで、外から持ち込んできた悪いものを断ち切る意味合いがあった。

今、皓月《こうげつ》は私用でいないけれど。

これが手元にあると意識するだけで安心するのは、多分そういった〝何か〟が宿っているからだと思う。

そう思いながら盆を掲げていると、ふ、と手から重みがなくなった。

見上げれば、皇帝が盆を受け取っている。

その顔に、なんとも言えない申し訳なさそうな色が滲《にじ》んでいるのを見て、優蘭は目を瞬かせた。

何か言いたそうな顔をしているが、何も言わない。

おそらくだが、この間優蘭を殴ろうとした件に関して、皇帝も皇帝なりに反省したのだろう。しかし、謝るための言葉が思いついていないのではないだろうか。

謝るような立場では、ないから。

……でもまあそんなの、私には関係ないわよね。

善悪というのは、誰にでもある。それこそ、皇帝にもだ。だから優蘭は、反省しているふうを装っている皇帝を許そうとは思わない。

見せるならば、誠意を見せてもらわなくては。

だから優蘭は、皇帝からの視線を無視した。

そんな優蘭の対応に皇帝は少しばかり落ち込んでいたが、一応神事中だ。集中することにしたのだろう。彼は盆を持つと、皇帝と貴妃の座席の間にある台座にそれを置いた。

「これにより、此度の祝賀会の献上品は出揃った」

その言葉に、優蘭の肩から少しだけ力が抜けた。

その後の食事は、割と緩やかに流れた。

この日のために、内食司女官長が腕によりをかけて作った食事の数々は、どれも素材の味が活《い》きていて美味《おい》しい。

鯖《さば》と海藻の酢の物は口をさっぱりさせてくれて前菜に丁度良く、かき卵と葱《ねぎ》の白鶏汁は少しとろみがついていて、おなかからぽかぽか温まった。

蒸し鶏に胡麻《ごま》と香味野菜を加えた和《あ》え物も、胡麻と香味野菜の香りが鼻を抜けていい。

締めの菓子は、薄紅の生地に包まれたお饅頭《まんじゅう》だ。薄皮の中にこれでもかと詰め込まれた小豆《あずき》のこし餡《あん》は、舌触りが滑らかで口に入れた瞬間溶けていった。作り方は簡単だが、だからこそこの雑味のない味に仕上げることは難しい。

どれも、内食司女官長の強いこだわりが窺《うかが》える食事であった。

皇帝、紫薔たちは毒味をしてからの食事なので少し冷めてしまっていたようだが、特に問題なく全て食べている。

本当になんてことはない、とても穏やかな。穏やかな祝賀会だった。

はー美味しかった。

大満足の優蘭は、上機嫌で会場の様子を窺っていた。

空腹が和らぐだけで、心まで落ち着いてくる。まだ気は抜けないが、気を張り詰めすぎてもいけなかった。

なので、少し気を引き締めようと会場内を歩いていた――ときだった。

「――いやはや。今回の祝賀会、見事なものでしたねえ」

そう、後ろから話しかけられたのは。

優蘭はゆっくりと、背後を振り返った。

そこには、壁に背中を預けるように佇《たたず》む一人の男性がいる。

宦官長《かんがん》・範浩然《はんこうねん》。

今後宮で、最も警戒するべき対立派閥の敵がそこにいた。

そして、優蘭が警戒する理由はそれだけではない。

この男の名前が……賢妃様が書かれた書物に、よく出てきていたから。

その段階で、優蘭の中の範浩然に対する警戒度は最高位にまで引き上げられた。

しかも、それでも一向に彼が黒幕だという証拠が出てこないのだ。優蘭が警戒するのは道理である。

というより、どうしてこの場で声をかけてきたの。

今までだって、優蘭と接触する機会はあったはずだ。それなのにどうして、今。

もしかして……私のやろうとしていることに気づいて、邪魔をしようとしている？

内心だらだらと冷や汗を流しつつ、優蘭はにっこり微笑んだ。

「ご機嫌麗しく、範宦官長。先日はどうもありがとうございました。そして……お褒めいただき、至極光栄にございます」

「はい、そうですね。お久しぶりです。いえいえ、実際、とても素晴らしいですから。……わたしの元部下も、なかなか上手に使っていらっしゃるようで」

そう言い、浩然が視線を会場全体に向ける。

五彩宦官のことだろう。彼らは今、くるくると忙《せわ》しなく会場内を歩き回っていた。

話しかけてきたのは、彼らの件？

そう推測を立てつつ、優蘭は笑みを深める。

「ええ、はい。少しそそっかしいところはありますが、とても素直な方々でして。今ではとても頼りになっておりますよ」

「そうですか、それは驚きました……わたしのところにいたときは、あれこれできなかったんですが。ただわたしは、その不出来さが愛らしいと思っておりましたねえ」

「……不出来であることが、愛らしさに繋がるのですか？」

「はい、もちろんですとも。事あるごとに、わたしの助けを求めてきて。まるで、雛鳥《ひなどり》のようでしたよ」

「……左様ですか」

「ええ、はい。なので、驚きました。自立したら、あんなふうになるのかと……ふふ、いやはや。やっぱり面白いものですね、人間って」

ぞわぞわ、ぞわぞわ。

背筋に悪寒が走る。

この男と話していると、何故だろう。驚くぐらい、気持ち悪くなってくるのだ。

心をじりじりと、真綿で締め付けられているような。ゆっくりと追い詰められていっている気がした。

声音か、喋《しゃべ》り方か、はたまた存在そのものが理由なのか。言い方そのものも気に食わない。

そう、まるで。

わざと、自立させないように仕込んでいたかのような。

そんな、薄気味悪い口ぶりではないか。

どちらにしても、これ以上話していて優蘭の得になることは何もない。

そう短い時間で結論づけた優蘭は、早々に逃げることを選択した。

しようと、した。

しかし。

「珀長官」

にこり。

不気味と形容したほうが正しいような。そんな笑みを浮かべ、浩然は微笑んだ。

それだけ。たったそれだけで、優蘭の体は縫いとめられたかのように動かなくなる。

ひゅう。喉《のど》の奥から、奇妙な音がこぼれた。

待って。どうして、動かないの。

声が、上手に出せない。体は鉛のように重たく、動き方を忘れてしまったようだった。

そんな優蘭を見て、浩然はさらに笑みを深める。

「珀長官、わたしはね。あなたのことを、心の底から評価しているのですよ」

「……は、ぁ、ッ」

「ええ、はい。まさか、後宮がここまで美しく生まれ変わるとは。わたしですら思っていませんでした。むしろ、感動さえしましたよ。一人、たった一人が入るだけで、人々とその関係性はここまで変わるものなのですね」

そんなこと、当たり前だ。そう叫びたかったが、もう声すら出なかった。

そんな優蘭を見て何が楽しいのか、浩然は歯を見せて嗤《わら》う。

「そしてまさか、そんな芸当ができる女性が、この世にいたなんて。思いもしませんでした。ああ、嗚呼《ああ》。珀長官。――いえ、珀優蘭。とても、良いものを見せていただき、ありがとうございます」

まるで演劇の役者のように大仰な仕草をしながら、浩然は優蘭に深々と礼をした。それは、異国の地で昔見た、芸人一座の中にいる道化師の動作に似ていた。

瞬間、胸におどろおどろしい感情が込み上げてくる。

気持ち悪い、薄気味悪い、醜悪な、汚らわしい――まるで、この世のものとは思えない。

闇を煮詰めたかのような男が、そこにはいた。


底知れない何かが胸の内側を巣食い、今にも心を食い散らかそうとしてくる。

何故こんなにも気持ちが悪いのか。それは、浩然の考えが全く分からないからだ。

普通、悪人というのは欲を持って行動する。一番分かりやすいのは、今は亡き韋《い》氏だろう。彼は権力を欲するがゆえに、その障害となる紫薔、鈴春《りんしゅん》、また礼部尚書たる江空泉を排除しようと考えていた。そして、そういうことを考えている人間はそういう匂いがするし、表情やしぐさにそういったものがにじみ出す。それを、優蘭は様々な人間を見てきたがために分かる程度の眼を持っていた。

しかし、浩然はどうだろう。そういった、欲望のようなものは何も感じない。むしろ優蘭が感じたのは――『愉《たの》しい』、という感情。それと、子どものように純真無垢《むく》な、あどけない無邪気さだった。

言うなればそれは、頑是ない狂気。

この場で何故そんなものを感じているのか。それが全く理解できず、優蘭は浩然に恐怖を抱いた。

どうにかして、動かなければ。でなければ確実に、大変なことになる。

しかし体は動かない。なのに浩然は本当に嬉《うれ》しそうな顔をして、優蘭に近づいてこようとする。

「珀優蘭。わたしと勝負をしませんか？　何、簡単です。懸けるのが人生というだけの、なんてことはない……そう。なんてことはない、普通の勝負ですよ」

何を言っているんだ、この男は。

そう思った優蘭が、無理やり握り締めた拳《こぶし》を太腿《ふともも》に叩《たた》きつけようとしていた——そんなときだった。

ぽんっと、肩を叩かれたのは。

「珀長官」

穏やかな。どこまでも穏やかな声が聞こえた。その声に感化されたのか、体から力が抜けていく。

「………ぁ」

気づけば、いつも通り呼吸をして。体も、動くようになっていた。

慌てて背後を振り返れば、そこには内官司女官長である張雀曦《ちょうじゃくぎ》の姿がある。

彼女は優蘭を一瞥《いちべつ》し、そして浩然を一瞥してから、微笑んだ。

「申し訳ございません。お話の邪魔をしてしまいましたか？」

「え、いや……全く、そんなことは」

「そうですか。なら、良かったです」

「……ええ、そうですね。なんてことはない……ただの、世間話でしたから」

彼はそう言うと、数歩下がってから頭を下げた。

「もう少し、お話ししたかったのですが……時間がかかり過ぎてしまったようです。次に予定が入っておりまして」

「そうですか。わたしも最後の仕事が残っておりますので」

「はい。ですがまた是非、お話でも」

「……機会があれば」

そんなやり取りを終えて浩然が立ち去った後、優蘭は自身がひどい手汗をかいていることに初めて気づいた。

さらには、手のひらに爪の痕《あと》がついている。少し血が滲《にじ》んでいて、かなり力強く握り締めていたことが分かった。

あー。さっき、握り締めたときか。

傷口を、指先で軽くさする。そうしたら、雀曦が心配そうな顔をした。

「珀長官、怪我をしていらっしゃいます」

「あーこれはその……自分で……」

「だとしても、よくありませんよ。わたし、軟膏《なんこう》を持っていますから、これを塗りましょう」

「あ、ありがとうございます……」

雀曦は、優蘭を裏方に連れていくと、てきぱきと手当をしてくれる。しかしその表情がとても険しくて、優蘭は目を瞬いた。

今の彼女は、とても仄暗《ほのぐら》い目をしていた。

「……申し訳ありません。わたしが、もっと早く割り込めていたら、こんなことには……」

「い、いやいや。謝らないでください。むしろ、お礼を言いたいくらいで……」

「お礼だなんてとんでもありません。わたしは、礼を言われるようなことはしていませんから。……肝心なときに大切な人を守れない程度の、そんな人間です。わたしは」

優蘭は首を傾げた。

「雀曦様の大切な方、ですか」

「はい、姉がいたのです。大好きな、自慢の姉でした。わたしなどよりも頭が良くて……本人は愛想がなくて悩んでいましたが、そんなものなどなくてもとても素晴らしい方に取り立ててもらえる……そんな、姉でした」

「……雀曦様にそう言ってもらえるなんて、お姉様は幸せですね」

雀曦は、力なく首を横に振った。

「いえ。わたしは、肝心なときに姉を救ってあげられませんでした」

「……そうなのですか」

「はい。ですが……今回こうして、内官司女官長になれた。そのお陰でようやく、姉のことを救ってあげられそうなんです」

優蘭の手当を終えた雀曦は、思わずうっとりするほどの微笑みを浮かべた。

「ですから……ですから。わたしのことを取り立ててくださり、本当にありがとうございます、珀長官。……わたし、頑張りますから。どうか、見守っていてください」

何故だろう。こんなにも胸が苦しくなるのは。

嬉しいことのはずなのに、喜んでいいことのはずなのに。

どうしてこんなにも、胸がざわつくのだろう。

そのざわつきがなんなのかを優蘭が探り当てる前に、雀曦が離れる。

「それでは、わたしはこの辺りで失礼いたします。会場内の確認をしなくては」

「いや、でもですね……」

「いえ、珀長官はお休みください。範宦《かんがん》官長とのやり取りで、お疲れでしょう？」

「お疲れ、でしょう？」

「あ、ハイ……」

雀曦は思いの外、押しが強い人間だった。あまりの圧に負け、優蘭はすごすごと引き下がる。

すると、雀曦がぽそりと呟《つぶや》いた。

「範浩然にだけは気をつけてください」

「……え？」

「あの男は……人のことを玩具《おもちゃ》としか思っていない、真性の人でなしなのですから」

それでは。

そう言い残し立ち去っていく雀曦の背中を、優蘭はぽかんと見つめた。

同時に、疲れがどっと押し寄せてくる。

「……一体、なんなのよ、もう……」

ずるずると床に座り込み、優蘭はそうぼやいた。

心身ともに疲れ切っていて、直ぐには立てそうにない。手汗もひどいし、とてもではないが落ち着いた状態でこれからの作業ができそうになかった。

雀曦様の言葉に甘えて、しばらくここにいよう。

そう思った優蘭は、少しの間壁にもたれかかり虚空を眺めていた——

それから少しして、優蘭が重たい腰を上げて会場に戻ってきた頃。

——バタン。

何かが倒れる音がした。

紫薔の絹を裂くような悲鳴が、会場内に響き渡る。

「陛下……!?」

驚き、優蘭が人の波をかき分けて必死に走れば。

皇帝が。

劉亮《りゅうりょう》が、倒れていた。

紫薔がそばに跪《ひざまず》き、皇帝を必死に揺すっている。しかし、今の紫薔がそれをするのは負担が大きい。

優蘭は彼女の侍女頭に、紫薔を下がらせるように伝えてから叫んだ。

「梅香！　裏にいる医官を呼んで！」

「承りましたッ！」

「朱睿、黄明、悠青、緑規、黒呂！　陛下の周りに人を近づけさせないで！」

『了解しました！』

紫薔以外の妃たちからも悲鳴が上がる中、優蘭は叫ぶ。

「祝賀会、閉会！　これにて閉会ーーッッ！」


その日の夕方。

皇帝が倒れたという情報が、宮廷中に広まった――

＊

皇帝が倒れた。

しかも、祝賀会の最中に。

このことは、様々な人間に大なり小なり打撃を与えた。

それはそうだろう。国の頂点が倒れたのだ。色々な思惑が巡り、嘘か本当かも分からない噂話が飛び交う。

そして、賢妃・史《し》明貴も。

そんな噂話に左右されていた。


皇帝が倒れてから、三日経った。

三日経ってもなお意識不明らしい劉亮に、明貴の心臓はキリキリと痛んだ。

「へい、か……劉亮様……」

どうして、どうして、なぜ。

祝賀会の折に倒れたのだから、おそらく毒によるものだったのだろう。しかし食事を取ってから少し経っていたから、遅効性の毒なはず。

遅効性の毒は、その分殺傷能力も低い。毒殺を望んでいるのなら、即効性一択だ。

なぜ、遅効性にしたのです。

その理由さえも分からないのに、劉亮が今もなお目覚めない事実が明貴をより混乱させた。

祝賀会がもう終わってしまったのに。離縁に関する話など、何一つとして進んでいないのに。

彼が、逝ってしまう。

昔、明貴の腹に宿った子どものように。遠くへ、逝って。

……いやだ、いやだ、そんなの。いやです、絶対にいや……ッッ！

明貴の中に、絶望が広がる。

しかしそんなときに思い浮かんだのは。

姚《よう》紫薔の言葉だった。

『人って、言葉でやりとりしないと相互理解ができない生き物らしいわよ？』

明貴は思わず、顔を上げる。

続いて飛び込んできたのは、静華《じょうか》の言葉。

『もう、なんでもいいから言ってきなさいよ！　当たって砕けろってよく言うでしょうっ？』

がつん。頭を殴られたような気持ちになる。

俯《うつむ》いてないで、嘆いていないで前を向けと。そう言われている気がした。

『史賢妃。わたしたちでは、お力になれないかも知れませんが。ですがきっと珀夫人ならば、お力になってくれるはずです』

最後に思い浮かんだのは、鈴春の言葉だ。

聞いたときは何も思わなかったし、むしろ何を言っているのだと思っていた。しかし思い出してみたら、どうだろう。恐ろしいほど、鈴春の言葉が沁《し》み込む。

それはきっと、鈴春自身が助けを求めたことがあるからだ。どうしようもない状況下で、手を伸ばしたことがあるから。実際に自分も体験していたからこそ、明貴の心に届いた。

だから明貴も、不思議と立ち上がることができたのだと思う。

「……珀長官の元へ、いかなければ」

そしてどうにかして、劉亮に会うのだ。会いたい。ちゃんと、伝えたい。

――あなたと一緒に学び舎《や》で競い合っていたときからずっと、あなたのことが好きだったのだと。

そう、顔を上げた明貴は。

長い裾《すそ》を摑《つか》んで、宮殿から飛び出した。


皇帝に、妃が会う。

それは、とても難しいことだった。

なんせ、皇帝の寝処は後宮の外にある。配置的に近いとは言え、明貴一人では出られるわけもなかった。

だから、優蘭を頼ったのだ。彼女ならなんとかできるのではないかという、期待を込めて。

本当のことを言うと、半分くらい諦《あきら》めていた。なのに。

優蘭は、いとも簡単に明貴を外へと連れ出した。

＊

夜。

明貴は、暗がりの後宮内をひたひたと歩いていた。

その前方には、優蘭がいる。彼女は迷いなく歩いている。

しかし明貴としては、疑問でいっぱいだ。なので思わず質問してしまった。

「……あの、珀長官。これはその……一体……」

「これとは、なんでしょう？」

「その……まず、わたしの格好です」

優蘭はくるりと振り返った。

「……宦官の服ですね、はい」

「はい」

「……それが何か問題でも？」

「問題がないとでも……？」

違反もいいところだ。一体どこで調達してきたのだろう。

しかし優蘭は何一つ悪びれることなく、バッサリと言う。

「逆に、賢妃様がいつも着ておられる衣で歩き回ったほうが問題です。私も、女官服は目立つので男物の地味な衣を着てますしね」

「そ、それは確かに……そうですが……」

「陛下にお会いするのですから、これくらいはしないと。それとも賢妃様はやはり、お会いしたくないのですか？」

「！　そんなことは断じて！」

優蘭はにっこり笑った。

「なら大丈夫ですね」

「……いや、でも……バレてしまったら大変なことになりませんか？」

「なりますね。だからまぁ、ならないようにいろんな方々の手を借りているわけで」

「え」

「さすがに私一人だけでは無理ですから。ほら、特に門通過とか。無理無理。私が持っている交通手形は特殊なので、使ったら確実にばれますし」

「そうなの、ですか……」

鈴春の話から、明貴はてっきり優蘭は一人でなんでも解決できる人なのだと思っていた。なので少し、意外だったのだ。こんなにも簡単に他者を頼る人が、紫薔、鈴春、静華それぞれに認めてもらっているだなんて。

不安が高まる。しかし今更それを口にすることもできず黙っていると、優蘭が歩きながら話を始めた。

「今、『あ、この女頼りにならなそうだな？』って思いました？」

「え、あ」

「思ったのですね〜」

「そ、そんなことは」

「いえいえ、素直に言っていただいて良いですよ。実際、私は私自身が優秀だと思ったことは一回もないので」

「……え？」

明貴が歩きやすいように足元を灯《あか》りで照らしながら、優蘭は笑う。そのせいか、ゆらゆらと火が揺れた。

「それでも私がなんとかやれているのは、助けを求めれば色々な人が力を貸してくれるからです。皆様、お優しいんですよ」

「……それは、違うと思います」

「……どういうことでしょう？」

「優しいから、力を貸したのではありません。……あなた様だからこそ、その方々は力を貸したいと思ったのでは？」

「そうでしょうか？」

「そうです。絶対に」

明貴は、後宮がそんなに優しい場所ではないことを知っている。

ましてや、優蘭が手を貸してもらっているのは後宮四夫人たちだろう。権力者の娘は、おいそれと人に施しを与えない。やり過ぎれば、弱者はたちまち手のひらを返してさらなる要求をしてくるからだ。

それでも優蘭に手を貸したということは。

――それは、珀長官がそういった要求をしてこないということです。

そして、そこに至るまで。優蘭が信用を勝ち取るためになんらかの行動をしてきたということでもある。

でなければ、まず『手を貸してもらえる』という環境を作ることそのものが難しくなるのだから。

そう考え、明貴は自分の胸にすとんと何かが落ちていくのを感じた。

ずっと、嫉妬《しっと》していた。憎んでいた。珀優蘭を。

自分と同じ役割を与えられて、それを飄々《ひょうひょう》と片付けていく彼女が。

最初は敵だらけだったのに、周りにどんどん味方が集まっていく、そんな環境が。

羨《うらや》ましくて妬《ねた》ましくて仕方がなかった。

だが、違ったのだ。そもそも、前提が違った。明貴は、その段階にすら至れていなかった。

だから、明貴が失敗したのは道理だし。

劉亮に関してのことを勝手に思い込んで気持ちを伝えないまま、でもそれでもいいと思い込もうとして。直接否定されるのを怖がっていた自分に寵愛《ちょうあい》が向かないのも。まあ、当たり前だった。

そう考えれば、今まで自分の中で凝り固まっていた感情が音もなく消えていくのが分かった。

不思議と、笑みが浮かぶ。

──郭《かく》徳妃がおっしゃっていたように。当たって砕けてきましょう。

聞いた当時ははらわたが煮え繰り返るほど苛立《いらだ》ったが、恋とは恐らくそういうものなのだろう。当たって砕けるくらいの覚悟がなければ、恋なんてできない。する資格もない。

それに、想いを伝えなければ。でなければ、明貴はきっとどこにもいけない。

何もできないのに一つの場所に留《とど》まり続けるのは、もういやだった。

「……珀長官」

「はい」

「……離縁の件は、陛下と話し合った後に決めてもいいでしょうか？」

恐る恐るそう問い掛ければ、優蘭が目を瞬かせる。

そして、「今更何を」と言わんばかりに笑った。

「賢妃様がお望みなのであれば、いくらでもお付き合いさせていただきますよ。——私、『後宮妃《きさき》の管理人』ですから」

——ああ。嗚呼《ああ》。

この方は本当に、『後宮妃の管理人』なのだと。

明貴《わたし》の理想をこれから叶《かな》えてくれるのだと。そう、思って。

それがどうしようもないくらい眩《まぶ》しくて——嬉《うれ》しくなってしまっている、自分がいた。


初めて入った皇帝の寝室は、とても静かだった。

調度品などは暗がりなのでよく見えないが、寝台の輪郭くらいは見える。それを頼りに、明貴は進む。

寝台の片隅に膝《ひざ》をついた明貴は、一度深呼吸をしてから呟《つぶや》いた。

「……お久しぶりです、陛下。顔を合わせるのは、一ヶ月ぶりくらいでしょうか……劉亮様」

劉亮。

そう呼んだのは、おそらく学び舎《や》にいたとき以来だろう。あの頃は友人だったし、劉亮は皇族だったが皇位継承権が限りなく低い皇子だった。その上、出会ったのは異国の地で、劉亮も「そう呼べ」と言ってくれたので気軽に呼べていた。

それができなくなったのは、劉亮が皇帝になって、本当に偉い立場になってしまったから。

その瞬間、明貴の中で線が引かれてしまった。

だからだろう。後宮に来てから、劉亮と上手《うま》く話せないのは。

劉亮が起きていないことを確認した明貴は、練習も兼ねて自分の気持ちをまとめていく。

「劉亮様……わたし実は、劉亮様がわたしを後宮に入れたいとおっしゃってくださったとき、とても嬉しかったんですよ。……もう会えないと、そう思っていましたから」

そう。もう会えないと思っていた。明貴は下級官吏の娘で、皇帝のお眼鏡に叶《かな》わなければ後宮に入ることもできなかったから。

それでも躊躇《ためら》ってしまったのは、理性が強く拒んだから。

「わたし、誰かの役に立ちたかったのです。昔から、他人《ひと》とうまく関わることができなくて、悔しくて。でも、誰かの笑顔を見るのは好きだったのです。だから、無理を言って異国へ行きました。沢山の知識があれば、様々な人が救えると思ったからです。この話は確か、劉亮様に一度していましたね。……ああ、もしかして、だからですか。わたしに『役目』を与えてくださったのは」

今思えば、後宮管理という役目を与えてくれたのはそういったわけだったのかもしれない。その辺りは劉亮自身に聞かないと分からないが、あながち間違いではないのではないだろうか。

明貴はふと、笑ってしまった。

「まあそれでも、突然夜伽《よとぎ》に来られたときは本当に驚きましたが」

あの頃のことは、今でも容易に思い出せる。

あの日。初めて抱かれた日。劉亮はいたく酔っていた。さらに言うなら、妙に興奮していた。普段の彼とは全く違うその様子に、驚いたのを思い出す。

周囲から、「世継ぎを早く、世継ぎのために妃を」と言われていてもいい時期に、下級官吏の娘でしかないわたしが入ったら、焦る人が出てきても仕方がないはず。……今考えると、お酒に媚薬《びやく》でも盛られていたのかもしれませんね？

最近とんと、考えることをやめていた。考えれば考えるほどドツボにハマって、苦しくなるだけだったからだ。

しかし一度ちゃんと整理してみたら、それらしい理由はちらほら出ていた気がする。

本当に。本当に、今更だったが。

「あの頃のこと、劉亮様はとても気になさっていたのかもしれませんけど……わたし、その気になれば逃げられましたよ。望んで、逃げなかったんです。……あなたに、〝女〟に見られていて嬉しかったから」

目を引くような美貌《びぼう》も、殿方の心をくすぐるような愛嬌《あいきよう》も明貴にはなかった。両親も、明貴のあまりの鉄面皮っぷりを見て嫁ぎ先を探すことすら諦《あきら》めていた。愛嬌がない女は、嫌われるからだ。

昔から、ずっと言われていた。お前に愛嬌というものが少しでもあれば、こんなにも苦労しなかっただろうに、と。そう言われるたびに明貴が余計笑えなくなっていたのを、周囲は全く理解してくれなかった。

そんな明貴を、女として見てくれた。

媚薬を盛られていたとしても、酒に酔っていたのだとしても。

それは明貴の中で〝本当〟だった。

明貴はぐっと、唇を噛《か》み締める。

「劉亮様、わたし。――劉亮様のことが、ずっと好きでした」

そう一度思いを口にすれば、言葉はするすると口から溢《あふ》れていく。

「切れ長の瞳《ひとみ》が、こちらをまっすぐ見つめてくるのが好きです。ご自身の間違いを認めて、学ぼうとするその姿勢が好きです。大胆な考え方が好きです」

言葉が、溢れて止まらない。まるで湧き水のように、どんどん奥から湧き上がってくる。

ぽろりと、明貴は涙をこぼした。

「思い立ったように寄り道してしまうのも、その先で新しいものを見つけて目を輝かせるあなたも。何か良からぬことを考えて、悪い笑みを浮かべているあなたも。好きです、大好きです。愛して、おります」

全てを一気に吐き出し、明貴はぜいぜいと肩で息をした。

こんなにも話したのは、いつ以来だったろうか。学び舎ではもっと饒舌《じょうぜつ》だったはずなのだが、最近は憎まれ口も叩《たた》かなくなっていた。

わたしも、衰えましたね。

しかし、想いを間接的にでも伝えられたことに気持ちがすっきりとする。

それと同時に、「離縁」という選択が、明貴の中で今まで以上に明確なものとして浮かび上がった。

……やっぱりわたしは、この方のそばから離れたほうがよさそうです。

想いがあろうとなかろうと。

否。想いが未《いま》だに強く残っているからこそ。明貴はその選択をしたいと思った。誰がどう見ても、明貴の存在は劉亮の目の上のたんこぶ、迷惑しかかけていない存在でしかない。

そしてそれは、ここに留まり続ければ続けるほど、さらに膨れ上がっていくのだろう。

そんなのはいやだ。明貴は、劉亮の役に立ちたいのであって枷《かせ》になりたいわけではない。

だから明貴は、今にもこぼれ落ちそうになる涙を袖口《そでぐち》で拭《ぬぐ》いつつ、立ち上がった。

「ですから劉亮様。わたしは、あなたとの離縁を望みます。……このままですと、わたしはあなた様に迷惑しかかけないことになる。それは絶対に嫌なのです」

起きていないのにこんなことを言っても、仕方ないのだけれど。

そう苦笑しつつ、明貴は目をつむる。

「わたしがいなくとも、劉亮様は大丈夫です。周りに、支えてくれる方がたくさんおりますから」

皓月、慶木《けいぼく》。今は視察に出ている左丞相《さじょうしょう》。玄曽《げんそう》。

紫薔、鈴春、静華。——そして、優蘭。

明貴が後宮入りしたときには敵ばかりだった劉亮の周囲には、いつの間にか多くの優秀な人材が集まっていた。

「ですから、わたし一人がいなくなったとしても……絶対に、大丈夫」

そう言い、目を開けたときだ。

力強く手を握られ、ぐいっと引っ張られる。

「え？」

ばちり。明貴が大好きな、劉亮の瞳と目が合った。

彼はひどく焦ったような顔をすると、叫ぶ。

「ならん、ならん！　離縁など、許さぬ！」

「え、あ、えっ？」

明貴の頭が混乱する。

しかしそんなことなど構わず、劉亮は絶叫した。

「余のことを本当に好いているのであれば、そばにいろ明貴！　離れることなど絶対に許さぬ……！」

「な、え、劉亮、さ、」

「好きだ、明貴。愛している。だから、だから……っ！――余を置いて行くな……!!」

頭が、心が。ぐちゃぐちゃにかき混ぜられて、混乱して、もうわけが分からない。

これは、夢なのだろうか。明貴が見ている、都合の良い夢なのでは。

でなければ、毒で倒れ伏せっているはずの劉亮が起き上がることはないし、明貴のことが嫌いなはずの劉亮が、こんなにも好きだの愛しているだの離れるななどと言うはずがない。

言うはずが、ない。

しかし、抱き締められている腕はとても温かくて。

明貴は思わず、ぽろりと涙をこぼした。

そんなときだ。

先ほどの必死そうな目から一変、劉亮は不愉快そうな顔をして背後を睨《にら》む。

ギィン!!

金属が嚙み合う嫌な音が、背後で鳴り響いた。

わけが分からない。

明貴が目を白黒させる中、劉亮が不貞腐《ふてくさ》れたような顔をした。

「全く、いいところだったのになぁ……——貴様のせいで台無しだぞ！　慶木！」

「……主上の命が危ぶまれているのですから、禁軍将軍のわたしが介入するのは当然でしょう？　それに、初めに主上の邪魔をしたのは、わたしではありませんし」

そんな言葉とともに、背後で鈍い音がする。

見れば、劉亮と明貴に切りかかってきた男が、床に転がって伸びていた。

そしてその男を踏みつけながら、片手剣を弄《もてあそ》ぶ男——郭慶木の姿が闇夜より浮かび上がる。

彼は首をコキコキと鳴らしながら、飄々《ひょうひょう》とした様子で佇《たたず》んでいた——

＊

皇帝の寝室に灯《あか》りを灯《とも》した優蘭は、ぽりぽりと頰を搔《か》きながら呟いた。

「あの、その。……色々とお疲れ様です……？」

「お疲れ様です、ではありません……一体全体、これはどういうことですかっ！」

立ち尽くしたままの明貴が、顔を真っ赤にしてぶるぶる震えている。それはそうだろう。なんせ明貴のあの独白を、四人もの人間が聞いていたのだ。

一人目は、他ならぬ優蘭。二人目は、別に寝てはいなかった皇帝。三人目は、寝台の死角に潜んでいた皓月。四人目は、棚の陰に隠れていた慶木だ。

別に、誰一人聞き耳を立てていたわけではない。やってくる刺客を待ち構えていただけである。優蘭に関しては役に立たないので、いざというときは明貴を連れて逃げる役を負っていた。

まあ、そんなものいらないくらいには、この三人強かったのだが。

そんな中、皇帝はいつになく上機嫌で、寝台の端に座っている。そりゃそうだ。もう勝ったようなものだからだ。

ケッ。いい顔しやがって……。

皓月と慶木が伸びた刺客を結んでいるのをみた優蘭は、仕方ないと思い自分から言うことにする。

「まあ、なんです。……そもそも、陛下は別に昏睡《こんすい》状態じゃなかったんですよ」

「はい!?」

「毒とか盛られてたわけではなくて。まあ確かに、最近寝不足で仕事の効率が最高に悪く、その上で仕事が山のようにきていたので徹夜続きで、倒れる可能性は高かったので過労ではありましたが。毒殺ということはなかったわけです、はい」

「……え？　ええっ!?」

さすがに、実際に毒を盛るのはよくないと思ったのだ。

毒盛ったら、犯人探しが始まっちゃうからね！　あらぬ疑惑をかけられちゃう人が必ず出てきちゃうからね！

特に不憫《ふびん》なのは、内食司女官長だ。桔梗《ききょう》祭のときにも、食中たりの件で一度嫌疑をかけられていたのに、こんなくだらないことでまた巻き込むのは絶対にいやだ。

それはさすがに忍びないし、こんな皇帝のためにそこまでしてやることもない。要らぬ犠牲である。なので後ほど、周囲には『過労』という理由をつけて公表するつもりだった。

過労に追い込んだのは故意的だとかは言うつもりはない、絶対に。

だって、あのときに倒れる可能性は五分五分だったからね！

そりゃもちろん、朝餉《あさげ》のときに快眠効果が期待できる食べ物や花茶などは用意したが。

ちょこっとだけ細工をしたわけなのだが。

それを言う必要はこれっぽっちもないわけだ。

皇帝の容態を公表する場には侍医にも立ち会ってもらうつもりだったので、信憑性《しんぴょうせい》という意味では問題ない。

あと、その場に居合わせた譚《たん》医官も、皇帝に『過労』の診断を出している。彼の診断は周囲からも公正公平で通っているため、誰も疑うことはないはずだ。ありがたいことである。

ほんと、譚医官にはお礼しかないわ。私に利用されていることが分かった上で、何も言わないでいてくれるのだもの。

優蘭の小細工を気づけないほど、譚子墨《しぼく》という医官は馬鹿ではない。それでも『過労』の診断を出してくれたのは、皇帝が実際働き過ぎで、優蘭の小細工があろうがなかろうが健康を害していたからだ。だから、その可能性に気づいていながらも、根拠や証拠を出せそうにない部分だったために黙認してくれたというわけである。

まあ、本当に健康ならば快眠作用がある食べ物や花茶を飲んだところで、あんな場所で眠ることはないものね。

その部分を上手《うま》くぼかしつつ、優蘭はここに至るまでの経緯を説明した。

「まあ何故このような作戦に出たのかと言いますと、陛下は今刺客に狙われてまして。なのに、捕まえようとした刺客がみんな自殺してしまうので、主犯が割り出せず困っていたからなのです」

「な、なる、ほど……」

「まあなので、あんな作戦に出たわけですね」

そこでこの話はおしまいにしようと思ったのだが、さすが明貴と言うべきか。流されてくれなかった。

「なら何故、わたしを陛下の元へ連れてきたのです」

優蘭は、天井の角っこを見つめた。

「ははは。何故でしょう！」

「……………もしや、この毒殺騒動でわたしが自ら『陛下の元へ行きたい』と口にするよう、謀《はか》ったのですか？」

ぎくり。

「そして、わたしから本音を聞き出そうとしたのではないですか？」

ぎくり。

さすが知恵者、明貴。全てお見通しというわけだ。

優蘭は、ふう、と額を拭った。

「いやぁ……我ながら、ものすごくいい仕事をしたと思います」

そう。今回は、前回の反省点を考慮し、入念にものすごく打ち合わせをしたのだ。協力者は、皓月、慶木、紫薔、その他皇帝派の面々。

いやはや、紫薔の絹を裂くような悲鳴はなかなかの名演技だったように思う。

「珀、長官？」

「いやいやー。むしろ明貴様、こういう展開を望んでいたのではないかなって思いまして――！」

「何故です⁉」

「以前いただいた書物の中に、陛下に対する想いを書き綴《つづ》った日記がございました」

「い、やぁぁぁああ⁉　あ、あなた、まさか……全部⁉　全部読んだのですかッ⁉」

「あ、はいもちろん。最初から最後まで、五度ほど」

「五度⁉」

正しくは、十度ほどです。

まあ、それくらいは誤差だ誤差。

それに、今にも火を噴きそうなほど顔を赤くしている明貴にそれを伝えるのは、いささか人の心がなさすぎる。よろしくない。

ただ、だからといっていじらないわけはないわけで。

優蘭はわざとらしく、こう叫んだ。

「あ、そういう展開をお望みかと思ったので、陛下に渡してしまったんですが⁉」

「な、え、は、えっ、なんですって……⁉　というより、そういう展開⁉　どういう展開ですかそれはッッ⁉」

「え？　てっきり、賢妃様は想いを口で上手に伝えることができないから、自身がお書きになった日記を私を経由して陛下に渡し、想いを伝えようとしたのかなと？」

「そんなこと、あるわけないでしょう――!!　あなた……あなたっ！　なんて、なんていうことを……っ」

わなわなと、明貴が震えた。しかし優蘭はなんら悪びれるふうもなく言う。

「というより、その辺りの流れはもう賢妃様がご自身で陛下に伝えてしまっているわけですし。問題ないのではないでしょうか？」

「うっ……」

「それに、陛下も賢妃様のことがお好きなようですから。相思相愛ですね、めでたいです」

「……未《いま》だに、信じられません。劉亮様がわたしのことを好きだなんて……」

明貴は俯《うつむ》きながら、そう呟《つぶや》く。恐らく、本当に自信がないのだろう。表情からもそれが見て取れた。

すると、ここで助け舟が出る。

「本当ですよ、史賢妃」

「……皓月様」

「ずっと、陛下のそばにいたわたしが言うのですから、間違いありません。さらに言うのであれば、陛下にとって史賢妃は、初恋の方ですので……」

「は、はつ、こい!?」

「はい。そうですよね、主上？」

「うぬ、その通りだ」

ふんふんと、満足そうに頷《うなず》いているのが心底腹立たしい。

紆余曲折《うよきよくせつ》あったけど、結局のところ一番得してるのはこのクソ皇帝よね、これ。

つまりそれは、このままいけば劉亮の一人勝ちということ。自身のためにも、さらに言うなら皓月の心の安寧のためにも、この辺りで皇帝には反省してもらわなければならない。

そう思った優蘭は、さり気なさを装い言う。

「そうですよ、賢妃様。私、離縁の件を陛下に進言しに行ったら、殴られかけたので」

「……え」

「なっ、珀優蘭そなた、何を……!?」

「ふふふー。陛下のことを思って色々と進言したのに、そのお返しが暴力だなんて……臣下の一人として悲しいです。泣けます。てか泣きます」

袖口《そでぐち》を目元に当て、それっぽく泣き真似をする。

皇帝が絶句しているのを良いことに、優蘭はさらに続けた。

「あー後宮には事情説明なしで放り込まれるし、雇いたいと言ってきたのは陛下のほうなのに説明なしの課題を解決しろとか無茶振りされるし、秀女選抜の際は勝手に徳妃様を入れてくるし、本当に毎回ひどい仕打ちですよー」

「……それ、は、そんなことが……」

「さらに言うなら、陛下と皓月様は私を殴ろうとした件で大喧嘩《おおげんか》し、現在仲違《なかたが》い中です。

皓月様は私を庇《かば》ってくれただけなんですけどね」

「……何をしてるんですか劉亮様？」

ぷちっ。そんな音が聞こえたような気がする。

急に自分へと矛先が向かったことを悟った劉亮は、寝台の上で跳ねた。

「え、な、なんの話だ？」

「なんの話だ、ではありません。あなた、あなたって人は……感情に任せて、臣下に何をなさろうとしてるんですか!!」

「ひっ」

「ひっ！　ではありません！　皇帝という立場になられたから、今まで黙っていようかと思いましたが……もう我慢なりません。そこに正座！」

「ハイ……」

なんだこの面白い状況……。

優蘭が肩を震わせて笑いをこらえていると、皓月が懐かしそうに目を細める。

「ああ、この光景懐かしいですね……学生時代は、こうしてよく叱られていました」

「あ、これが通常」

「はい」

「へえ。じゃあ次からは、何かあったら賢妃様に告げ口しようと思いますー」

「そうしましょうか～」

寵臣《ちょうしん》夫婦がのほほんとそんな話をしている間にも、明貴の説教は続いている。

「わたし、昔から言っておりましたよね？　皓月様を大切になさいと。あまり度が過ぎると、いくら温厚な皓月様とて怒ると」

「はい……」

「それでこの様ですか！　一体何をおっしゃったのです!?」

「そ、の……。……珀優蘭を皓月が庇ったので、思わず……『たぶらかされたのか』と」

「馬鹿野郎ですかあなたはッッッ!?　そもそも、女人に手を出そうとした自体があり得ない蛮行です、恥を知りなさい!!」

「申し訳ありません……」

明貴が腕を組み、目を吊《つ》り上げる。

「……それで？」

「……はい？」

「それで。珀長官に、今までのあれやこれやの謝罪はなさったのですか」

「……してません」

「できますよね？」

「……」

「劉亮様？」

「できますやりますはい」

とぼとぼと、皇帝が歩いてくる。

あ、なんかこっちにきた。

優蘭としては、この最高に面白い状況に遭遇できただけでだいぶ満足しているのだが。

しかしそれでは、皓月が満足しないであろう。

今も、めっちゃいい笑顔で私の後ろにいるしね……。

「その、だな」

「はい」

「色々と……すまなかった。そなたは、いい臣下だ」

「お褒めいただきありがとうございます」

「……皓月……」

「なんですかその目は。優蘭さんに謝罪をしたならば、わたしからはもう何もありませんよ」

「こ、皓月ぅ……っ」

「因《ちな》みに、次やったら優蘭さん連れて領地に引きこもりますのでそのつもりで」

「鬼畜かそなた」

「どうとでも」

あれーこのやりとり、なんか見たことあるなー。

まあ、そんなことはいいのでとっとと告白でもなんでもしてくればいいと思う。

優蘭は、目で「ほら後ろ」と告げた。劉亮がウッと喉《のど》を詰まらせる。

「ここで言わず、いつ言うんですか」

「……そう、だな」

「そうですよ。私たちは少しの間出ていくので、頑張ってください」

さすがに、これ以上ここにいるのはちょっと空気が壊れる。

世の中、雰囲気というものがあるのだ。あと、正直こちらもいたたまれない。

皓月、刺客を俵持ちした慶木と一緒に部屋を出ると、慶木が良い笑顔をした。

「いやはや、本当に全てを一気に片付けるとは。さすがだな珀夫人」

「嬉《うれ》しそうですね、郭将軍」

「ああ、死ぬほど嬉しい」

「単純ですね……」

「皓月、貴殿最近本当に当たりが強いなっ？」

「まあまあ……」

二人の間に立つ優蘭が、二人を宥《なだ》める。

すると、皓月が心配そうに背後を見ていた。

「……大丈夫でしょうか、陛下」

「さあな。さすがにここでビシッと決められなければ、こじらせ卒業はできないだろうが」

「そうですね……不安です」

「……二人とも、何気にひどいですね？」

その言い方だと、陛下がこじらせ卒業できないって言っている気がするんだけど？

優蘭は、苦笑しながら肩を竦《すく》めた。

「まぁ、大丈夫だと思いますよ」

「どうしてですか？」

「……言わなかったら、今の賢妃様なら『ごたごた言ってないではっきり言いなさい！』って言うかなと」

「ああ……」

納得しちゃうんだ、そこ。

くすくす笑いながら、優蘭は後ろを振り返る。
「陛下の初恋が上手《うま》くいったかどうかは――神のみぞ知るってね」
まあ多分だが。
近いうちに、おめでたい話がもう一回出るのではないだろうか。あの様子なら。
そうなれば良いなと思いながら。
優蘭は二人をしばらく二人きりにしてあげようと、そう思ったのだった。

間章二　夫、愛と恋と忠誠と

皇帝暗殺未遂事件。並びに、貴妃《きひ》殺害未遂事件。

その刺客を無事に捕まえることができたのは、つい先日だ。

その事件が、おかしな形で進展した。

——黒幕が、自ら自首してきたのだ。


地下の独房で。

珀皓月《はくこうげつ》は腕を組み、首を傾げていた。

彼の目の前には、自首してきた相手——呉水景《ごすいけい》がいる。吏部侍郎《りぶじろう》だ。彼は両手足に枷《かせ》をつけられ、罪人が着る襤褸《ぼろ》服を着ている。そして、終始項垂《うなだ》れていた。

犯人にしては恐ろしいくらいの落ち込みっぷりに、皓月の頭の中に疑問符が浮かび上がる。

しかし今はそれを考えるべきではなかろう。

そう思った皓月は、素直に自白をする水景に話しかけた。

「……それで。陛下を害そうとなさったのは、出世できなかったことによる恨みから、ですか」

「……はい」

「歳下の官吏に追い抜かれたことが、そんなにも悔しかったのですか」

「……そう、ですね。悔しかったのだと、思います」

「そうですか……」

腕を組みながら、皓月は首をひねる。

本当に、恨んでいたのでしょうか……？

それくらい、今の水景からは恨みや憎しみといった感情を感じ取れなかった。

真犯人が、水景に罪を着せている可能性もないわけではない。

だからこそ、皓月は困っていたのだが。

「……なんだ、そなたが首謀者か」

きい、と。扉が開かれる音がした。

見れば、そこには慶木《けいぼく》を連れた劉亮《りゅうりょう》がいる。

なんで連れてきたんですか、と視線で慶木を責めれば、「来たいと言って聞かなかったんだ」と視線のみで返された。

皓月はため息を吐く。

仕方がないので場所を譲れば、劉亮は腕を組み笑った。

「そなたが余を殺そうとした理由は聞いた。出世できなかったからだそうだな?」

「……主上」

「公晳李明《こうせきりめい》が上司になったのも、納得いかなかったとか」

「…………」

「しかも、余の寵妃まで害そうとしたとか。その理由はなんだ?」

水景はそう言い、笑った。

「……あなた様が、一番大切にしていらっしゃった方だからです」

「相手のことを本当に殺したいのならば、精神から殺すのが一番良いでしょう? 陛下のお心を壊すには、貴妃様を狙うのが最適だと思ったのです。……それも、阻まれてしまいましたが」

目を伏せながら、水景はそう言う。

劉亮の逆鱗《げきりん》に触れる発言に、皓月はハラハラした。せっかくの主犯格だ、再起不能になるまで殴ったとなれば、重要な情報が聞き出せなくなる。それだけは避けたい。

だから、主上にはこんな場所に来て欲しくなかったのですよ……。

いつ割って入ろうかと機会を窺《うかが》っていたら、劉亮が皓月をちらりと見た。その顔はとても理性的で、しかしそれが逆に恐怖心を湧き上がらせる。

皓月が思わず固まる中、劉亮は満面の笑みを浮かべた。

「そうか。そのように思っていたか」

「……………」

「余は、余の采配《さいはい》が正しいと思ってああした。こう言ってはなんだが、そなたは人をまとめるのが上手《うま》くない。部下に言うことを聞かせられぬ。そんな上司など、いてもいなくても変わらぬ」

「っ、」

「しかし……そなたは、間に入って宥《なだ》めることは上手い。皓月のようにな」

「……え？」

「吏部にはどうしても、癖の強い官吏を置くことが多い。我も強いわ、人も多いわ、大変だ。協力よりも足の引っ張り合いが多いだろう、あそこは」

「そう、ですね……」

「その中で、そなたのような人間は必ず必要になる。縁の下の力持ち、とでも言えば良いだろうか。故に余は、そなたを侍郎のままにとどめたのだ。その方が、都合がよかろう」

皓月は、珍しく饒舌《じょうぜつ》に語る劉亮に驚いた。

これは、もしかしなくても……史賢妃《しけんひ》効果でしょうか。

あれから数日、今まで会えなかった時間を埋めるかのように通っているが、割としょぼくれて帰ってくることもしばしばある。おそらくだが、明貴《めいき》がかなりきつく説教をしているのだろう。

もっとちゃんと自分の思っていることを言って、相手を褒めなさいとでも、言われたのでしょうね……。

目に浮かぶようだ。思わず笑いそうになる。

皓月が笑いをこらえていると、今まで俯《うつむ》いていた水景が顔を上げた。

その瞳《ひとみ》からぼろぼろ涙が溢《あふ》れているのを見て、その場にいた全員が動揺する。

「何故泣く!?」

「陛下が……官吏を泣かせた」

「あれじゃないか。顔が怖かったとか」

「ち、ちがい、ます……っ。そ、の……うれしかったので……っ」

涙を肩で拭《ぬぐ》いながら、水景は唇をわななかせた。

「陛下。このようなことを申しても、言い訳だと思われるかと思うのですが……」

「な、なんだ。どうした」

「……わたしは別に、出世に興味があったわけではないのです」

ぽつりと、水景が呟《つぶや》いた。

「わたしが欲しかったのは、労《いたわ》りと褒め言葉でした。陛下のおっしゃる通り、わたし自身も上官は向いていないと思っていたからです。……それでも。吏部尚書《しょうしょ》任命式のときの陛下の言葉は、衝撃でした」

「……それは、何故だ？」

「……純粋に、歳下の官吏が上官になることが耐えきれなかったのです。優秀なのは知っていましたが……いえ、だからこそ。嫉妬《しっと》しておりました」

水景は唇を噛《か》む。切れたのか、端から血がこぼれた。

「しかしわたしとて、別に暗殺を企《たくら》んでいたわけではないのです。ただ、この胸のわだかまりを誰かに聞いて欲しくて……宦官長《かんがん》に、話を聞いていただいたのです。あの方は昔から、そういう話を聞いてくださいましたから……」

ぴくりと、劉亮の眉《まゆ》が震えた。皓月と慶木もしかめっ面をする。

そんな三人の変化に気づかず、水景は泣き笑いのような顔をした。

「そのとき、わたしは酒を飲んでいました。酔って、頭がどうかしていたのかもしれません……ただ、宦官長と話をしていると恐ろしいほどの怒りが湧き上がって、自分でもどうにもできなくなりました。とにかく、このような采配をした陛下に仕返しをしなければと……そう、思ってしまったのです」

ダンッ。水景は、枷を卓に叩《たた》きつけた。

「今となっては、何に怒っていたのかすら分かりません……とにかく憎くて憎くて眠れなくて悪夢を見て……宮廷で倒れて介抱してもらったとき、ようやく冷静になったのです。ただ、頭が冷静になった頃には取り返しのつかないことになっていました……っ！　頼んだ覚えもないのに、暗殺者たちが勝手に陛下の元へ行くのです！　しかしわたしの手元には、暗殺依頼をした書類がありました」

それは、水景が持っていた証拠品の中にもあった。水景が書いた他の書類と比べてみたが、確かに本人の筆跡で間違いなかった。

一連の話を聞いていた皓月は、思考する。

もしかして呉侍郎の飲んだ酒には、薬が混ぜられていたのでは……？

酒というのはもともと酩酊《めいてい》効果のあるものだが、そこに何かしらの精神に作用を及ぼす薬を入れれば、人の意識をより確実に混濁できる。

そこまでできれば、あとは宦官長の思うがままだ。

浩然《こうねん》の言葉には不思議と、人の精神を乱す力がある。

声の調子、声音、言葉遣い、音程、音の伸ばし方。そういった様々な技術を使い、浩然は優しくして相手をどっぷりと自分に溺《おぼ》れさせたり、逆に相手を追い詰めたりしてきた。

これだけのことが分かっているのに浩然を捕まえられないのは、彼が決して証拠を残さないからである。

今回の件も、水景は何も覚えていなかった。自分がやったという証拠だけが、手元にあったのだ。

だから、誰かに言われて書いたのだとしても。たとえそれが事実だったとしても、証拠がなければどうにもできない。

……またですか。

皓月が内心舌打ちをしていると、水景が生唾《なまつば》を飲み込んで言う。

「逃れられないと、本気で思いました。なので、こうして自首をしてきました」

「……左様か」

「はい。逃げも隠れもいたしません。……どうぞ、わたしを裁いてください」

首を差し出してくる罪人というものを、皓月は初めて見た。

口の中に、後味の悪い何かが広がる。

劉亮を見れば、彼は何やら考え込んでいた。

劉亮が何も言わないのであれば、皓月と慶木が発言するわけにいかない。そのため、場に静寂が広がる。

それから少しして、劉亮が口を開いた。

「分かった。余はそなたを罰する」

「……はい」

「そなたへの罰は――余に一生忠誠を誓い、余の手足となって働くことだ」

たからだ。

水景自身はもちろんのこと、皓月と慶木も驚いていた。そのようなこと、前代未聞だっ

何を馬鹿なことを。

そう、皓月が叫ぼうとする。

しかし。

「な、何をおっしゃられるのですかッッッ!?」

――一番初めに叫んだのは、他ならぬ水景本人だった。

水景は、鬼のような形相をして叫ぶ。

「陛下、今ご自身が何をおっしゃっているのか分かっていますか!? いつまた裏切るかも分からぬ罪人を、生かしておこうとしているのですよ!? しかも、こんなにも罪状が明らかな人間を、です。正気の沙汰《さた》ではございません!」

色白で全体的に細長いということもあり、今の水景は幽鬼のようだった。

それを見ても動じず、劉亮はうんうん頷《うなず》く。

「確かになぁ」

「確かになぁ、ではございませんッ!」

本当に、確かになぁ、ではありませんよ……。

あまりにものんびりとした返答に、皓月の頭が痛くなってくる。一方の慶木は、一連の

やり取りを面白そうに眺めていた。明らかに楽しんでいる。

楽しむ場面ですか、本当に……。

その間にも、水景の熱弁は続く。

「そもそも、わたしだけを例外としたら国の法律はどうなるのです。不満を訴える輩《やから》が続出しますよ。なんのための司法だとお思いですか！」

「言われてみれば」

「本当に考えておられなかったのですか⁉」

叫ぶごとに、水景の青白かった顔がだんだんと紅潮してくる。

それを見て、皓月は思った。

呉侍郎は、こんなにもよく話す方だったのですね……。

普段から物静かで、自分の意見という意見を言わない人だった。

しかしここまで考えてものを言えるということは、話すことがなかったのではなく故意的に話さなかったのであろう。

出来る限り、衝突を避けるために。

その在り方は、皓月ととてもよく似ていて。なんだか無性に、胸を掻《か》き毟《むし》りたくなった。

皓月が思わず胸元を押さえていると、水景がぜいぜいと肩で息をしている。元々喘息《ぜんそく》持ちということもあり、咳《せき》も出ていた。大体全部劉亮のせいである。

それを不憫《ふびん》に思った皓月は、彼の背中をさすった。

「結局のところ、陛下は何がされたいのですか……」

呆《あき》れてそう問えば、劉亮は首を傾げる。

「何、せっかくだし、腹を割って話したいと思おてな。個人的に、なかなか面白い話が聞けた。呉水景がまさか、ここまでよく話すとはなぁ……」

「誰のせいですか誰の……」

「余だな」

なんでも、自信を持って言えばいいってものじゃないんですよ……。

この主上、明貴との一件で変な吹っ切れ方をしていないだろうか。

皓月はため息を漏らした。

「では、呉侍郎への処罰は変えるのですね？」

「いや？」

「……はい？」

「呉水景の処罰は変えぬ。世の手足となって一生働く。それが罰だ」

しかめっ面をして、水景が劉亮を見つめる。しかし先ほど話しすぎたせいか、上手く会話ができないようだった。

それを良いことに、劉亮は笑う。

「何か勘違いしているようだが。そなたは別に、許されたわけではないぞ。余の花園に咲く一輪たる、貴妃にも手を出そうとしたわけだしな？」

劉亮が、微笑《わら》う、笑う、嗤《わら》う。

目の奥に、今にも燃え上がりそうなほど強い怒りの炎が灯《とも》っているのを垣間見《かいまみ》、皓月は背筋を震わせた。

劉亮は間違いなく、怒っていた。それも、激しく。

「だからこその、〝生かす〟という罰だ、呉水景。――他者に支配されたまま死ぬまで生きるのは、ひどくつらいなぁ？」

「……ッ」

「安心せよ、余はそなたを評価しておる。だからこそ生かすのだ。賛辞の言葉くらいいくらでもくれてやる。しかし……労《ねぎら》いはないと思え。馬車馬の如く働け、それ以外は望まぬ。もし嫌ならば死ね。それが、そなたを生かす条件だ」

そなたに似合いの罰であろう？

ひどく傲慢《ごうまん》で、強欲で、横暴な発言だった。幸せな未来など、ありそうもない。むしろ、地獄に進んで入れと言っていた。

前言撤回しよう。劉亮は、何も変わっていない。

むしろ、明貴と本当の意味で通じ合えたことにより、〝劉亮〟という皇帝の完成度が格段に上がっていた。

しかしその言葉に動じることなく、水景は真っ直ぐに劉亮を見つめる。

「……陛下の思いは、よく理解できました」

「左様か」

「はい。……分かりました。その処罰、謹んでお受けいたします」

「呉侍郎!?」

皓月は思わず叫んだ。

「正気ですか!?」

「正気ですとも」

水景はげほりと咳《せ》き込んだ。

「わたしはね、珀右丞相《うじょうしょう》。元々、長生きできないと言われていたんですよ」

「……それは」

「喘息、貧血。わたしは、この持病とずっと付き合ってきました。若いうちに命を落とすほどの酷《ひど》いものではありませんが、他の人のように生きられないことは分かっていました。自分の子どもにも持病が受け継がれる可能性があると知り、妻子も持ちませんでした。だから、死ぬことは怖くないんですよ」

「……呉侍郎」

「怖いのはむしろ、自分が誰の役にも立てないことです。誰の記憶にも残らないまま死ぬことです。それが、周りに迷惑ばかりかけてきたわたしに与えられた、唯一の生きる意味だと思っていました」

確かに水景のような人間は、誰かしらの力を借りなければ生活していけないだろう。

両親、薬師《くすし》、友人、上司、部下。

ずっと、ずっと、ずっとずっと。

それが、心苦しくて、ありがたくて、どうしようもないくらい気持ち悪くて。

生きている心地が、しなかった。

その気持ちは、皓月にもなんとなく分かる。

皓月も、誰か仕えたい人、ずっと一緒にいたいと思う人がいないと、上手《うま》く生きられない人種だ。幸せだったのは、なんだかんだで〝劉亮〟という、仕えたい主人がいたからだと思う。だから、仕事はなんとかなっていた。

代わりに、家庭がどうにも上手くいかなかったが。

だから、優蘭《ゆうらん》以上の相手は金輪際現れないと思う。彼女ほど、皓月の気持ちを悟ってくれて、寄り添ってくれて、尚且《なおか》つ支えたいと思える相手はいないからだ。

だから、珀皓月は妻に恋をする。溺《おぼ》れるように、恋に堕《お》ちていく。

多分、今この場で水景のことを理解できるのは、皓月だけだった。

在り方が。どこまでも、似通っていたから。

「今まで、ずっと恐ろしかった。役に立てている実感が、湧かなかったからです。実際、わたしはいてもいなくても変わらないのでしょう。ですが……陛下のために働ければ、少しは意味のある人生だったと思えます」

そう言い笑う水景の顔色は、今まで見てきた彼のものよりずっと良かった。

皓月には、もう何も言えなかった。

生き甲斐《がい》。

それを見つけた人間は、死ぬまで止まらない。止まれない。

それは、自分も同じだったから。

だから、優蘭に対して未《いま》だに想いを打ち明けられないのも。

──自身が女官として後宮に潜入することになった一番の理由が、ちゃんと解決してからだと心に決めていたから。

水景が再度、劉亮を見る。

「陛下。わたしを、死ぬまで使い潰《つぶ》してくださいますか？」

「もちろん。楽しみにしていると良いぞ？」

「はは。それは──生き甲斐が、ありそうです」

皓月は押し黙る。

しかし、慶木は扉の縁にもたれかかりながら言った。

「主上。次呉水景が裏切ったらわたしが叩《たた》き切りますが、構いませんよね？」

「もちろんだ、慶木」

劉亮の許可を得られた慶木は、獰猛《どうもう》な笑みを浮かべて水景を見据えた。

「安心しろ。わたしは陛下と違って優しいからな。やるときは一思いに殺してやる。それくらいの情けはくれてやるさ」

「それは安心ですね。……痛いのはやはり、嫌ですので」

水景は立ち上がり、跪《ひざまず》く。

そして、起拝《きはい》の礼をとった。

「それでは陛下。わたしが死ぬまで――どうぞ、よろしくお願いいたします」

――こうして。呉水景は吏部侍郎のまま、皇帝の狗《いぬ》になった。

そして、今回の事件の真犯人の存在は丸ごと、刺客とともに闇に葬り去られたのだ。

終章　寵臣夫婦、願いをかける

様々な問題も一応解決に向かい、普段通りの生活が戻ってきた。

そこまで来てようやくお休みをもらえた——正しくは、迷惑手当も含めて皓月《こうげつ》がもぎ取った——三日ほどのお休みの一日を使い。

寵臣夫婦は前々から予定していた紅葉を見に、紫廉山《しれんざん》へやってきていた。

優蘭《ゆうらん》は、借りてきた猫のようにちょこんと馬の上に乗っていた。

それは何故か。

皓月と、二人乗りだったからである。

しかも、皓月がまたがる前方に横座りをする、という形での二人乗りだ。

皓月様との距離がやたら近くて、顔を直視できない……。

しかも、一応護衛と世話役として数名馬車に乗ってついてきている。小旅行だ。人目がある状態でこういうことをすると、恥じらいがどうしても勝ってしまう。

私じゃ、私じゃなかったら絵になるのに……。

しかし皓月がこの乗り方を提案してきたのは、優蘭が危なくないからだ。後ろに乗ると、もしものときに不安らしい。一人乗りは、そもそも一人で乗ることができないから却下だ。馬車で目的地まで向かうという選択肢もあったが、皓月がせっかく紅葉を見に行くのだから、道中も景色を楽しみたいと言ってきた。

『優蘭さんと二人で、馬の上からゆったり周りを見られたらと思ったのですが……だめですか？』

そう残念そうな顔で言われて、断れる人間がいるのだろうか。

いや、いない。いないと断言しよう。美人のお願いは、性別問わず効くのだ。

そんなわけで優蘭は、大人しく今の位置におさまったのである。

初めのうちは恥ずかしくて仕方がなかったが、街を外れて少し平地を行き、紫廉山に入った辺りで、そんな感情は吹き飛んでしまった。

「わぁ……綺麗《きれい》……！」

優蘭は思わず、感嘆の声を上げた。

山は、色付いた葉で一面綺麗に覆われていた。

赤、黄、茶。

様々な色で入り乱れる森は、本当にとても美しい。

特に優蘭が気に入ったのは、紅葉の下をくぐり抜けるときだ。

下から木々を見上げると、木漏れ日と色づいた葉の両方が見られるのだ。

思わず馬の上ではしゃいでいると、頭上から笑い声が降ってくる。

ぴたりと、優蘭は動きを止めた。

「……すみません、年甲斐《としがい》もなくはしゃぎました……」

「年齢なんて、気にしなくて良いのに。なんでも楽しそうに眺めてくださるので、企画したこちらとしても嬉《うれ》しいですし」

「あ、ありがとうございます……」

優蘭は一度、深呼吸をした。

そうだ、そうだわ。一度落ち着きましょう。そして、歳上らしい心の余裕というやつを今こそ見せるとき……！

そう思っていたのだが。

「優蘭さんの今日の衣、とても綺麗ですね」

「っ！」

唐突に褒められ、ぐっと喉《のど》を詰まらせた。

「薄茶の上着に、臙脂《えんじ》色《いろ》の裙《くん》の取り合わせがいいですね」

「こ、これは……湘雲《しょううん》さんが選んでくれまして……」

「さすが湘雲です、優蘭さんに似合うものを選びますね。この髪の編み込みも、湘雲が？」

「は、はい。ほら、髪は割と長いので、色々といじりやすいみたいです」

「なるほど。今度わたしも、優蘭さんの髪を結っていいですか？」

「……えっと、その……」

すると、少し寂しげに首を傾げられる。

「……だめですか？」

あああああそんな顔しないで。

優蘭は早々に白旗をあげた。

「どうぞ……お好きになさってください……」

「わあ、やりましたっ。せっかくなので、髪型に合う簪《かんざし》や髪飾りも探さないとですね～」

「いや、その……」

「いえ……ここはいっそのこと、職人に頼んで一から作ってもらうのも……」

皓月のその情熱は、一体どこから湧き上がってくるのだろう。それとも、こだわり始めたら止まらない性格なだけだろうか。

あまりにも熱心な様子に笑みがこぼれる。

木漏れ日が降り注ぐ中目をつむれば、馬の蹄《ひづめ》の音と馬車の車輪が回る音、色づいた葉がカラカラと鳴る音が聞こえた。

それに、皓月の楽しそうな声が混ざる。

……ああ、本当に、どうしようもないくらい幸せ。

優蘭は改めて、なんてことはない日常の大切さを噛《か》み締めた。


目的地である山の中腹に着いたのは、それから一刻（二時間）ほど経ってからだ。

一同はそこに大きめの布を広げ、少し遅めの昼食を食べることにした。

侍女や侍従たちが食事の準備をしている中、優蘭はぼんやりと空を見つめていた。

今日も、空が青いわねえ。

しかし、冬になるとこの辺りにも雪が降る。紫廉山にも雪が降り積もり、一面真っ白になるのだ。

そこまできて、優蘭は自分がなんだかんだとやっていけていることに気付いた。

冬を越せば、夫婦になってから一年経つのね……。

とにかく仕事に追われる日々だったが、日常が満ち足りていてどうしようもないくらい楽しかった。

妃嬪《ひひん》たちともなんだかんだと上手くいき、優蘭は今回の件で四夫人全員と面識を持つことができている。

そういえば、四夫人と言えば……貴妃様を襲った刺客と皇帝を狙った刺客を送り込んできた真犯人は、一体誰だったのかしら？

前者は未然に防ぎ、後者も毒殺疑惑は「陛下が倒れたのはただの過労」として公表されたので、これと言って公になっていない。

だからなのか、真犯人に関しても優蘭の耳には届いてきていなかった。

まあ、あまり首を突っ込みすぎるとまた巻き込まれるだけなので、そんなのはごめんだ。皇帝はともかく、慶木《けいぼく》という人を巻き込むことに技術と知識を総動員しているような人間がただでさえ近くにいるのである。自分から巻き込まれに行くのは勘弁したい。

とにかく解決したのであれば、それで良いわ。

そう思っていると、良い香りがする。

優蘭が目を見開けば、そこには炭火で焼かれた大振りの豚肉があった。

「美味《おい》しそう……！」

「まだまだございますよ」

そう言って、湘雲が皿を敷き布の上に置いていく。

水で溶いた小麦粉を薄く広げて焼いた生地や、ほんのり甘く味付けした生地を蒸した麺《パ》麭《ン》、香味野菜、蒸し鶏、などなど。

生地に薬味や肉などを包んだり、挟んだりして食べるのだ、と気づいた瞬間、優蘭の気分が高調した。

これ、行商の移動中によく食べたわ！　生地のほうは水と小麦粉があれば作れるし、挟むものを変えれば飽きもこない。なので、商人たちの間では割と重宝されている食べ方だ。

久しぶりに見たそれに商人時代を思い出していると、皓月がにっこり笑う。

「優蘭さん、嬉しそうですね」

「え、あ、そ、その……ちょっと懐かしくて」

「はい、知ってます。優蘭さんのお父上に、こういう食事を野営時によくしていたと伺いました」

「……そんな話を、私の知らないところで……」

「はい。なので、せっかくですし良いかなと。外で食べるには、作りやすいですしね」

「……皓月様、本当にありがとうございます」

優蘭は、破顔した。

「いえ。……さて、食べましょうか」

「はいっ！」

優蘭は、蒸した麵麭のほうに豚肉の炭火焼きを挟み、香味野菜をぐいぐい押し込んでから珀《はく》家料理長特製のタレをかけた。

それをがぶりとかじれば、口の中で幸せが広がる。

ああ、美味しい……美味しすぎる……！

外で食べているという開放感もあるだろうが、それにしても美味しかった。

ほんのり甘い麵麭の間から、肉汁がじゅわりと溢《あふ》れる。そこに香味野菜のしゃきしゃき感と爽《さわ》やかな香りが加わり、甘辛いタレが全てを丸くまとめてくれていた。

一口、二口とどんどん食べ進め、あっという間になくなってしまう。

次は薄皮のほうに包もうと思った優蘭は、皓月が持ってきた魅惑の食べ物に目を輝かせた。

「それ、乾酪《かんらく》ではありませんか……！」

「そうです。炭火で溶かして麵麭の上に載せると、ものすごく美味しいですよね」

「皓月様が、最高に美味しい料理を作ろうとしている……」

「ふふ、留学中によく食べたんです。良いですよね」

「分かります分かります。この濃厚さといい、溶けて伸びるところといい、酒……しかも葡萄《ぶどう》酒との相性が最高で……っ」

「良いですね。今度の晩酌にでも食べましょうか」

「はい、是非！」

そんな会話をしながら取る食事は、いつも以上にとても美味しくて。

優蘭はふと、思う。

……この場でだったら、湘雲さんが前に言ってた『さん呼び』、いけるんじゃない？

実を言うと、前々から機会は窺《うかが》っていたのだが、その度その度「あ、これ今言ったら、確実に雰囲気壊しちゃうな」と思って言えていなかったのだ。

しかしこの、穏やかかな。さらに言うなら、冗談を言っても許されそうな機会だったらいける気がする。

万が一拒否されても、冗談ですよって笑って流せるくらいには心身ともに回復したし。それに、勢いでバーっと言えば多分気づかれない！　自然な感じを装えばなおよし！……よ、よし、いくわ！

優蘭は、自分に何度も言い訳をした。

そんな優蘭のおかしな様子に気づくことなく、皓月は優蘭に炭火で焼いた乾酪の刺さった棒を差し出してくる。

「優蘭さん、はい」

「あ、ありがとうございます、皓月様……」

うっ。言ういい機会だったのに、普通に呼んでしまった……！

優蘭は、自分に落ち着け、落ち着けと言い聞かせた。そう、まだ言う機会はある。あるはずだ。

そんなふうに緊張していたからか。乾酪にそのままかぶりついたが、あまり味を感じられない。頭の中がぐるぐるする。

だがそんなことを知らない皓月は、鼠のように黙々と乾酪を食べる優蘭を見て微笑んだ。

「美味しいですか、優蘭さん」

……………ハッ。こ、これは、今しか!?

みにょーんと、伸びる乾酪を噛み切りながら、優蘭はこくこくと頷《うなず》いた。

「と、とっても美味しいです。ありがとうございます……こ、こここ、皓月……さん！」

言った。言ってやった。

だが、声が震えているし意識しているのが丸わかりだ。自然な感じが出ていない。

自然に、いこうと、思ったのに！

でないと、皓月に何か言われた際に冗談だと笑って流せなくなる。優蘭の頭が真っ白になる。

どうしよう、どうしよう、皓月様に、嫌そうな顔をされたら……！

そんなふうに、軽い混乱状態に陥っていたら。

目を丸くした皓月と、目が合った。

その顔がみるみるうちにキラキラ輝いていくのを見て、優蘭はぎくりとする。

「優蘭さん、今、名前……」

「は、はい……そ、の……色々と考えました結果、こっちのほうが距離感が詰められて良いかなー、なんて……思いまして……」

皓月の視線から逃れるために、優蘭は言い訳をつらつらと述べていく。

「いや、違うんです、私たち仕事ばっかりでちょっと他人行儀かなと思うところがありまして、なのでちょっとした工夫でそれが取り除けないかなと……」

「はい」

「ただ、さすがに敬語を外すのはまだなんというかそういう感じじゃないなーと思ってまして！　なのでその、あの……名前の呼び方を少し変えてみました!!」

だから、そんなキラキラした、こそばゆくなるような目で見ないでー！

しかし優蘭の願いに反して、皓月のキラキラはどんどん強くなる。

ぱぁぁああ。

そんな感じで、皓月の背後に花が咲き乱れているような気がした。

そして彼は、とんでもない爆弾を優蘭目掛けて放り込んできた。

「では、わたしは優蘭と呼びますねっ！」

……………満面の笑みを浮かべて、なんてことを言っているのこの人!!

「……え、いや、何故!?」

「え、優蘭さんがわたしを皓月さんと呼ぶなら、わたしもわたしで一歩近づいて、優蘭と呼んだほうが良いかなーと思いまして」

「いや、えっと……えっ」

確かにそう言われてみたら、そのほうが平等のような気がするけども……。

頭の中で、何かがぐるぐると巡っているのが分かる。混乱の極みというのは、こういう状況のことを指すのだろう。

こ、これはもう……逃げるしか！

そう思い背後へと脱出を図ろうとしたら、手を摑《つか》まれた。

「優蘭」

ひい。

呼び方一つでそんなに変わるものでもないと思っていたが、皓月ほどの人間が変えると恐ろしいほど破壊力が増す。

そこに彼の笑顔も合わさり、優蘭は完全に動けなくなってしまった。

「確かに、良いですねこれ。優蘭との距離感が近くなったような気がします」

「そ、そそそ、そうですか……それはようございました……」

「優蘭も、わたしのことを皓月と呼んでみません？」

「何故その結論に！」

「だって……優蘭は〝麗月《れいげつ》〟のことは呼び捨てじゃないですか」

少し拗《す》ねたような顔をして、皓月はそう呟《つぶや》いた。

「わたしのことは呼び捨てにしてくださらないのに、麗月のことだけ呼び捨てなのはなんだかおかしくありません？」

「お、おか……おかしい、かも……です……？」

「でしょう？　なら、是非呼んでいただきたいです」

何がおかしくて何がおかしくないのか、ちょっとよく分からなくなってきた。

混乱しまくりの優蘭をいいことに、皓月は少ししょんぼりした顔をした。

「……だめ、ですか？」

「ウッ」

「だめなら、いいんですが……やっぱり少し寂しいです」

そんなことを言われて、断れる人間がいるだろうか。

残念なことに、優蘭は全く断れなかった。特に、皓月のお願い《これ》には心底弱い。

他の人ならばばっさりと断れるのに、皓月だけはだめだった。

そして案の定今回も、あっさり負けたのである。

「……分かりました、分かりました！　こ、こここ……こう、げつ。皓月！　これで良いですか!?」

「はい！　優蘭！」

だからやめてーやめてー。

優蘭のほうから一歩踏み出すつもりだったのに、皓月のほうから三歩ほど詰められた気がするのは気のせいだろうか。

お陰様で、ようやく夫婦らしさのようなものが出てきた気がする。優蘭の胸は今もばくばくと大きな音を立てているが、それがこんなにも不快ではないのは、多分相手が皓月だからだろう。

彼が夫にならなければ、優蘭はこんな想いを抱かなかった。

名前を呼ばれるだけで、恥ずかしくなったり。嬉《うれ》しくなったり。

距離が近いだけで、心臓が跳ねたり。

触れ合うだけで、頬が熱くなったり。でも、心地良かったり。

こそばゆくなるような想いを抱くことはなかったと思う。

そんなどうしようもないくらいの気恥ずかしさを隠すべく、優蘭は薄皮生地に薄切りの豚肉をカリカリに焼いたものと千切り葱《ねぎ》を放り込んだ。そこに、激辛タレを投下してがぶりとかじりつく。

嚙《か》み締めた瞬間、口から火を噴くほどの痛みが口全体に広がった。

「かっらっ⁉」

そんなに量を入れていないはずなのに、どうしてこんなに辛いのこのタレ⁉

ひいひい言いながらひりつく痛みが抜けるのを待っていると、皓月が竹筒を差し出してきた。

「とりあえず、お水飲んでください」

「す、すみま、せん……」

「いえいえ。これ、わたしが食べてしまいますね。辛いの得意なので」

「あ、そうなんですね……ど、どうぞ……」

「はい、いただきます」

そう言い、皓月はぺろりと激辛タレ入りの包みを完食してしまった。食べ終わった後もさらっと顔をしているあたり、本当に好きなんだろう。

「優蘭に作ってもらったと思うと、不思議と美味《おい》しく感じますね」

そんななんてことはないことを笑顔で言うものだから。

優蘭は、顔をくしゃくしゃにして笑ってしまった。

「……そんなことで幸せになるなら、いくらでも包みますよ。こ……皓月の好きなもの、たくさん」

「本当ですか？　じゃあわたしは、優蘭が好きそうなものを挟んだ麵麭《パン》を作りますね」

そう言い、お互いにお互いが食べるものを作っていく。

……結婚した当初はまさか、こんなことをするなんて思わなかったわ。

あの頃は、結婚したことを心の底から後悔していた。しかし今では、皓月の存在がなくてはならないものへと変わっている。

ざあっと風が吹き、優蘭は思わず顔を上げた。

雲一つない青空の下、紅葉が美しい山の平地で、綺麗《きれい》だけれど幸が薄い夫と一緒に昼食を取る。

こんなにも幸せな一幕が、あるのだろうか。

今更だが、改めて思う。

恋愛結婚では、決してなかったけれど。心さえ通じ合えば、政略結婚もなかなか悪くないな、と。

左の薬指に嵌《はま》った結婚指輪を弄《いじ》りつつ、優蘭は希《こいねが》う。

どうか、どうか。

——この幸せな日常が、一日でも長く続きますように。

あとがき

こんにちは、そしてお久しぶりです。しきみ彰《あき》です。

二巻ではあとがきを入れることができなかったので、まるまる一年ぶりのあとがきになります。一巻発売時はまさか三巻まで出せるとは思っていなかったので、とても嬉《うれ》しいです。

そう、「後宮妃の管理人」も、なんだかんだでもう三巻。

一巻で貴妃《きひ》、淑妃《しゅくひ》。

二巻で徳妃《とくひ》。

三巻で、賢妃《けんひ》と皇帝。

こんな感じでスポットを当てて、今作を進行させていただきました。なぜこのような構成にしたのかというと、今作は「後宮妃」のお話なので、その妃たちの代表格である四夫人には、ちゃんと一人ずつピントを合わせて物語を描きたいと思ったからです。

三巻では、普段は飄々《ひょうひょう》としている皇帝の意外な一面を描きましたが、いかがでしたでしょうか？

そして、皇帝がそんな意外な一面を見せる唯一の妃が、賢妃・史明貴《しめいき》になります。こじらせすぎた皇帝と、忍耐力がありすぎ＆悟りスキルが高すぎて、主な会話をしなかったこの二人。完全に相性が悪いですね。

明貴の心理描写に関しては、私もなかなか楽しく書かせていただきました。「後宮妃の管理人」では、読者に皆様を飽きさせないためにできる限り同じような構成にはしないように心がけています。明貴の心理描写に関しても、その一環です。少しでも楽しんでいただけたのなら、私としてもとても嬉しいです。

そして、なんだかんだありつつもとうとう宦官長《かんがん》を出すことができました。これからどう絡んでいくのか、楽しみにしていただけたらと思います。

また、三巻では仕事人間な寵臣《ちようしん》夫婦の関係にも変化が訪れています。押せ押せな皓月《こうげつ》に、徐々に翻弄《ほんろう》されていく優蘭《ゆうらん》。最後はなんだかんだと皓月に上手《うま》く丸め込まれて、距離がぐっと近づいた形になります。

夫婦としてはまだまだ未熟な二人ですが、今後も生ぬるい目で見守っていただけますと幸いです。

さて。ここで、宣伝を。

六月五日に、コミカライズ版の「後宮妃の管理人」一巻が発売しております。

同月発売ですよ！

漫画家さんは廣本シヲリ先生。「後宮妃の管理人」の世界観を、漫画として読みやすく調整しながら、とても丁寧に描いていただきました。

一巻が収録されているのは、五話まで。原作で言うところの、一巻三章までですね。

小物や背景もとても美しく描かれていますし、キャラクターたちも生き生きしています。

個人的に好きなのは、デフォルメされたちびキャラですね。可愛い可愛い言いながら、いつもチェックをさせていただいています。

原作から入った読者様にも楽しんでいただけるかと思いますので、宜《よろ》しければお手に取ってくださいね。

今作でも大変お世話になったN編集さん。いつもいつも的確なご指示をありがとうございます。

今回異動なされるということで、この三巻がN編集さんと行なった最後のお仕事になりました。「後宮妃の管理人」をこうして三巻まで出せたのは間違いなく、N編集さんのお陰です。今まで本当にありがとうございました。

表紙絵を担当してくださっているIzumi先生。毎回素敵なイラストをどうもありがとうございます。背景も含めて、毎回色彩豊かに後宮妃の世界観を表していただけて、本当に嬉しいです。

そして、三巻まで読んでくださった読者の皆様。誠にありがとうございます。こうして三巻を世に送り出せたのは間違いなく、皆様が本を買ってくださったお陰です。これからも頑張らせていただきますので、どうぞよろしくお願いいたします。

それでは、またどこかでお会いできることを願って。

しきみ彰

お便りはこちらまで

〒一〇二―八一七七
富士見L文庫編集部　気付
しきみ彰（様）宛
Izumi（様）宛

富士見L文庫

後宮妃《こうきゅうきさき》の管理人《かんりにん》 三
～寵臣夫婦《ちょうしんふうふ》は繫《つな》ぎとめる～

しきみ彰《あき》

2020年6月15日　初版発行
2022年9月5日　10版発行

発行者　青柳昌行
発　行　株式会社 KADOKAWA
〒102-8177　東京都千代田区富士見2-13-3
電話　0570-002-301（ナビダイヤル）

印刷所　株式会社 KADOKAWA
製本所　株式会社 KADOKAWA
装丁者　西村弘美

定価はカバーに表示してあります。　◆◇◇

●お問い合わせ
https://www.kadokawa.co.jp/（「お問い合わせ」へお進みください）
※内容によっては、お答えできない場合があります。
※サポートは日本国内のみとさせていただきます。
※Japanese text only

ISBN 978-4-04-073680-8 C0193

暁花薬殿物語

著／佐々木禎子　イラスト／サカノ景子

ゴールは帝と円満離縁!?
皇后候補の成り下がり“逆”シンデレラ物語!!

薬師を志しながらなぜか入内することになってしまった暁下姫。有力貴族四家の姫君が揃い、若き帝を巡る女たちの闘いの火蓋が切られた……のだが、暁下姫が宮廷内の健康法に口出ししたことが思わぬ闇をあぶり出し？

【シリーズ既刊】1～3巻

富士見L文庫